울고 싶은 나는
고양이 가면을 쓴다

울고 싶은 나는
고양이 가면을 쓴다

이와사 마모루 장편소설 · 에이치 그림 · 박지현 옮김

이지북
EZbook

차례

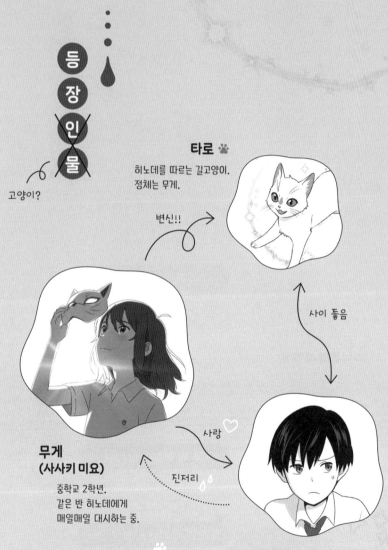

등장인물

고양이?

타로 🐾
히노데를 따르는 길고양이.
정체는 무게.

변신!!

사이 좋음

**무게
(사사키 미요)**
중학교 2학년.
같은 반 히노데에게
매일매일 대시하는 중.

사랑 ♡

진저리

히노데 겐토
무게와 같은 반.
성격이 털털하고 요리를 잘한다.
집은 도자기 공방을 운영한다.

가오루 아줌마

무게 아버지의 약혼자.
무게와는 미묘한 관계.

후카세 요리코

무게의 친구.
히노데와의 교제를 반대한다.

이사미

히노데의 친구.
요리코가 신경 쓰인다.

반나이와 니보리

왠지 무게에게 자꾸 시비 거는
심술궂은 동급생.

아빠

시청에서 일하며 무게한테는
별 도움이 안 되는 사람.

엄마

몇 년 전 이혼해서 집을 나갔다.
무게는 버림받았다고 생각한다.

기나코 🐾

가오루 아줌마가 기르는 고양이.
어떤 계획을 가지고 있다.

가면 장수 🐾

수수께끼 거대 고양이.
고양이로 변신할 수 있는
신기한 가면을 무게에게 팔았다.

사랑을 했다.

어디에도 갈 수 없는 나는
고양이가 되기로 했다.

내 이름은 사사키 미요. 중학교 2학년.
같은 반 히노데를 짝사랑하는 중.

매일매일 들이대다 차이고
또 차이길 반복하면서
내게 붙은 별명은······

무게!!

히노데

나

무게 = 무한 게이지 수수께끼 인간

학교에선 따돌림당하고,

무게는 난폭해!

반나이

니보리

가오루 아줌마

집에 가면 아빠의 약혼자가 있다.

내게 마음 편한 장소는 아무 데도 없다.
하지만 내게는 꽁꽁 감춰 둔 특급 비밀이 있다.

**바로 이상한 고양이 가면을 쓰면
고양이로 변신할 수 있는 것이다!**

타로♥

매일 밤 고양이가 되어 히노데를
만나러 가다가 어느 날 갑자기
사람으로 돌아갈 수 없게 되는데⋯⋯.

"나는 너의 힘이 되고 싶어.

좋아한다는 말을 듣고 싶어."

기나코의 세계 ①

✣ 본문 괄호의 모든 주는 옮긴이의 것입니다. ✣

"의리가 있구먼."

토관 위에서 몸을 둥글게 말고 있는 검은 고양이가 말하고는 크게 하품했다.

"과연, 그저 마음 가는 대로 생을 보내는 것이 우리 고양이가 가져야 할 삶의 방식이지. 하지만 자유와 무법은 달라."

계절이 여름으로 넘어가는 시기였다. 인간에게도 고양이에게도, 그다지 쾌적하지 않은 계절이었다. 절절 끓는 아스팔트를 걷는 것만으로도 발바닥이 뜨거워지고 아팠다. 그래서 이 늙은 검은 고양이는 항상 이곳에 있다. 이제 더 이상 쓰이지 않는 도자기 공방의 뒤쪽에. 점심 무렵에도 빛이 잘 들지 않아 방치된 토관 위에는 서늘한 냉기가 돌았다.

"지켜야만 하는 의리는 없어. 이 나이가 되면 그걸 잘 알게 되지. 그 녀석 일은 맘에 안 들어. 끌어들일 상대가 어른이라면 그나마 괜찮지. 하지만 그 애는 천지 분간도 못 하는 어린애잖아."

기나코는 대답했다.

"천지 분간은 할 정도로 컸어."

기나코도 고양이다. 이 늙은 고양이와는 달리, 집에서 기르는 암고양이. 하지만 집 안에만 있지 않고 마음 내킬

때는 자유롭게 돌아다니기도 한다. 기나코라는 이름은 주인이 붙였다. 갈색 털이 화과자집에서 파는 인절미 같다는, 단순하지만 순수한 애정이 느껴지는 이름이다(기나코는 일본어로 콩가루를 뜻함).

"그 아이는 그렇게 어리지 않아. 하지만 오른쪽에 있는 것이 길인지, 왼쪽에 있는 것이 늪인지까지는 모르겠지."

이어진 기나코의 말에 토관 위 늙은 고양이는 "그게 그 말이지 뭐냐"며 질린 듯이 중얼거리고는, 기다란 꼬리를 부르르 떨었다. 늙은 고양이의 꼬리 끝은 검은 털이 몇 가닥 빠져서 얼룩무늬처럼 변해 있었다.

"어른의 분별력을 갖추지 못한 아이를 속여서 '저쪽'에 데려간다고……. 너도 조심해. 그 녀석은 인간들이 말하는 질 나쁜 고양이 요괴라고. 같은 고양이라고 해도 되도록 가까이하지 않는 편이 좋아."

기나코는 대답하지 않았다. 그러자 늙은 고양이는 조금 슬픈 듯이 금빛 눈동자를 가늘게 떴다.

"그렇게 가지고 싶은 게냐, 눈에 보이는 행복이란 것이."

"그 애가 갖고 싶겠지. 집에 있을 자리가 없는 것 같고."

"그런 말이 아니야."

"그럼 무슨 말인데?"

"그러니까 이건 그런 말이지."

하늘 저편에 먹구름이 몰려와 금방이라도 천둥이 칠 것 같았다. 살짝 어둑해진 하늘을 올려다보고, 늙은 고양이는 다시 한번 "그런 얘기야" 하고 중얼거리더니, 그대로 천천히 눈을 감았다.

어딘가 멀리서, 길고양이에게는 제일 경계해야 할 소리인 자동차 경적이 울렸다.

1 무게, 사랑에 빠지다

아주 어렸을 때, 백 개의 이름을 가진 고양이가 나오는 그림책을 엄마가 읽어 준 적이 있다. 고양이는 전 세계 사람들에게 여러 가지 의미가 있는 이름으로 불리고, 그 이름에 어울리는 활약을 하며 모든 사람을 행복하게 해 준다. 그 모습이 너무나 멋지고 귀여워서, 숫자도 세지 못하던 어린 시절부터 나는 고양이를 동경했다.

그런 내게 지금은 세 개의 이름이 있다.

"다녀오겠습니다."

"잘 갔다 오렴, 미요."

미요, 이것이 내 첫 번째 이름이다. 사사키 미요. 초등학생 때 담임선생님은 "아빠와 엄마가 열심히 생각해서 여러분에게 지어 주신 이름이에요. 소중하게 여깁시다"

라고 말했지만, 딱 그때쯤 생긴 기억하고 싶지 않은 어떤 일 때문에 나는 이 이름에 그다지 애착이 없다. 특히 사사키라는 성은 할 수만 있다면 빨리 버리고 싶을 정도다. 덧붙이자면 담임선생님은 이 발언 때문에 학부모협의회에서 꽤나 곤욕을 치렀다고 한다.

엄마와 아빠가 웬 말이냐, 태어날 때부터 부모가 없거나 둘 중 한 명만 있는 아이도 있다, 그 담임선생님은 아이들을 가르치는 교사로서 배려가 없다는 말이 오갔다고 들었다. 나도 선생님의 그 말이 전혀, 요만큼도 와닿지 않았지만, 그렇게까지 항의할 만한 일이었나 싶다. 선생님도 힘든 직업이라는 생각이 들었달까. 자, 애착을 가질 수 없는 내 본명에 대한 이야기는 여기까지 하고.

아침에 집을 나와 도코나메(아이치현에 있는 도시)의 여느 길처럼 경사진 언덕을 걷다 보니, 널찍한 장소에 자리 잡은 익숙한 하얀 건물이 보였다. 교문에 붙은 현판에는 '도코나메 시립 도코나메 기타중학교'라는 글씨가 쓰여 있다. 이곳이 내가 다니는 중학교. 나는 2학년이다. '내년에는 수험생이겠네'라는 말은 듣고 싶지도 않고 들리지도 않는다. 어쨌든 학교에 가까워지면 나는 점점 '사사키 미요'에서 멀어진다.

또 한 사람의 나, '무게'가 되는 것이다. 이상한 이름이라고? 뭐, 그렇지. 사사키 미요와 무게. 겹치는 글자가 하나도 없다. 대개 별명이란 것이 그렇듯 사연이 있긴 한데……. 아니, 잠깐. 그 이야기는 나중에.

교문으로 들어가는 낯익은 뒷모습을 발견한 순간, 나는 힘차게 달리기 시작했다.

"아, 월요일 싫다."

"땡땡이치고 싶어."

잡담을 나누며 터벅터벅 걸어가는 다른 학생들을 바람같이 스쳐 교내에 들어가, 그 아이를 따라잡고 인사했다.

"요리코, 안녕!"

항상 만나는 얼굴, 여름 햇살이 눈부신지 가늘어진 검은 눈동자. 웃음기는 없었다. 요리코는 좀처럼 마주 웃어주지 않는다. 사람을 싫어한다든가 기분이 좋지 않아서 그런 것이 아니다.

"아…… 안녕. 뭐야?"

얼굴을 빤히 들여다보는 시선을 느꼈는지 후카세 요리코는 조금 경계심 섞인 표정으로 고개를 뒤로 뺐다. 나는 그런 요리코의 주변을 한 바퀴 빙 돌았다. 그러고 나서 씩 웃으며 말했다.

"흠. 이 변치 않는 무표정."

"뭐?"

"오늘도 좋아 보여."

"뭐라는 거야?"

이것 봐. 귀엽기도 하지. 요리코는 초등학생 때부터 친구였는데, 부끄럼을 많이 타는 아이다. 스스로도 알고 있어서 평소에는 이를 감추려고 안간힘을 쓰는 바람에 어딘지 차갑게 보이는 것뿐이다. 하지만 차갑다는 게 냉정함을 뜻하는 것은 아니다. 무엇보다 요리코는 내게 이 학교를 통틀어 단 한 명뿐인, 아니 단 두 명뿐인 특별한 존재다.

또 한 사람은 누구냐고? 후후. 그건 말이지.

"앗!"

바로 그때 나는 그 한 사람의 뒷모습을 발견했다.

"왜 그래? 아."

요리코도 눈치챈 것 같았다. 신발장으로 향하는 학생무리 틈에 남자애 두 명이 섞여 있었다.

"누나랑 형이 있으면 좋겠다니, 진심이야?"

"좋잖아? 남동생이 되면 귀여움받을 것 같고."

둘 중 키 큰 남학생은 같은 반의 이사미 마사미치다. 이상 설명 끝.

또 한 사람, 키는 평균치거나 아니면 살짝 평균 이하. 하지만 전체적으로 균형이 잘 잡힌 체형 때문인지 실제 키보다는 커 보였다. 윤기 흐르는 검은 머리카락은 길지도 짧지도 않았고 흰 하복 셔츠와 선명한 대비를 이루었다. 게다가 셔츠는 평소 어머니가 다려 주지만 가끔 스스로 다린다고 한다!

뭐지, 머릿속을 엄청나게 달콤한 생크림으로 가득 차게 만드는 포인트는. 지금은 뒷모습만 보이지만, 어린아이처럼 순수하게 웃는 그의 얼굴을 떠올리는 것만으로도……. 아아, 내 세계가 변하고 있다. 맑은 여름 하늘 아래에 사람이라고는 나와 요리코, 그리고 또 한 사람뿐. 다른 사람은 모두 똑같은 얼굴을 한 허수아비가 된다.

"잠깐만. 미안해, 가방 좀 부탁해."

요리코에게 가방을 맡긴 나는 신고 있던 구두를 벗어 던졌다.

"그러지 마."

질렸다는 듯이 말리는 요리코의 목소리를 뒤로하고, 눈치채지 못하게 살금살금 그 남자애의 뒤를 쫓아갔다. 주변에 가득한 허수아비들을 제치고 충분히 거리를 좁힌 후, 오른쪽으로 빙글 돌아 등을 돌린 채 허리를 둥글게 말고 발사 자세를 잡았다.

"아니야, 누나는 최악이지."

"어, 그래?"

그런 목소리를 들으면서…….

"얍!"

발사.

"앗!"

뒤로 내밀었던 내 엉덩이는 그 남자애, 같은 학년 같은 반, 즉 내 하나뿐인 운명의 상대 히노데 겐토의 엉덩이에 명중했다. 날벼락을 맞은 히노데의 손에서 가방이 떨어졌다. 하지만 그다음 벌어진 일은 완벽하게 내 망상을 벗어났다.

놀란 목소리를 낸 히노데는 내 상상처럼 돌아서서 나를 향해 부드럽게 웃어 주기는커녕 그 자리에서 몇 초간 선 채로 움직이지 않았다. 그 대신 "후우" 하고 지긋지긋하다는 듯 한숨을 내쉴 뿐이었다. 그리고 아무 말도 하지 않고 땅에 떨어진 가방을 향해 손을 뻗었다. 으응, 무시인가. 하지만 나도 나라서, 이 정도로 풀이 죽지는 않는다. 그러고 보니 근처에 사는 아저씨가 이 기술이 왕년의 유명 프로레슬러가 쓰던 기술이라고 알려 줬다. 힙 푸시라

고 했던가.

하지만 그런 건 모른다. 이 기술에는 내가 지은 정식 이름이 있다.

"먹혔다!"

힘차게 외친 나는 양팔을 크게 휘저어 허공에 동그라미를 그리고 내 엉덩이를 팡 두드렸다.

"히노데 일출 공격!"

이에 대한 히노데의 사랑의 속삭임은 한마디뿐이었다.

"어지간히 좀 해라."

그리고 히노데는 등을 돌려 옆에서 웃음을 참고 있는 이사미와 함께 신발장 쪽으로 걸어갔다. 나는 만면에 미소를 띤 채 그 등에 대고 외쳤다.

"애정 표현이야! 아야."

마지막 '아야'는 히노데에게 하는 사랑 고백이 아니었다. 뒤따라온 요리코가 작작 좀 하라는 듯이 안고 있던 내 가방으로 머리를 세게 때렸기 때문이다. 나를 나무라면서도 내가 벗어 던진 구두를 착실히 주워 앞에 놓아 주는 것이 내 친구 요리코다웠다.

"히노데! 잠깐, 잠깐만!"

나는 허둥지둥 신발장에서 실내화로 갈아 신고 계단을 올라, 2층 우리 반 교실로 성큼성큼 가는 히노데를 불러 세웠다.

우리가 다니는 중학교는 그다지 눈에 띄는 특징은 없지만 교내 설비는 나름대로 전부 신식이었다. 교내 옥상은 낙하 방지용 철책과 철망이 번듯하게 설치되어 있었고 학생들의 출입도 자유로웠다. 운동장도 넓은 편이었다. 불만인 점은 시설보다 '운영하는 사람' 쪽에 있다. 특히 교무실 옆에 설치된 온도계가 28도를 넘지 않는 한, 에어컨은 사용 금지라는 이상한 규칙은 제발 없었으면 좋겠다. 원래 그늘진 곳에 있는 교무실과 햇빛이 잘 드는 교실은 서로 딴 세상이란 말이다.

밥을 재촉하는 고양이처럼 나는 소리 높여 외쳤다.

"기다려, 잠깐만. 히노데, 잠깐만!"

히노데는 멈추는 대신, 사랑의 말을 또 한마디 속삭여주었다.

"못 기다려."

계단을 다 올라간 나는 그 순간, 다리에 힘이 풀려 복도에 주저앉았다.

"하아……. 지금 들었어, 요리코? '못 기다려'라는 말 왠지 매력적이지 않아? 키스해도 돼? 기다려, 아니 못 기다려. 이런 느낌!"

물론 나와 달리 냉정하고, 사랑에 빠지지 않은 요리코에게 이런 감상은 통하지 않았다.

"전혀. 일 밀리그램도 모르겠어."

"정말 모르겠어? 아침부터 히노데의 허스키한 목소리를 듣다니. 아, 행복해."

하지만 괜찮다. 요리코가 히노데의 매력에 빠져서, 나처럼 히노데를 좋아하게 되는 게 더 문제다. 그건 성격 나쁜 고양이가 내 앞을 가로막는 일보다 더 곤란하다. 그러니까 지금 이대로가 좋다. 친구가 있고 좋아하는 사람이 있고, 그 두 사람을 아침부터 만날 수 있는 지금. 게다가 오늘도 온종일 두 사람과 같은 교실에서 지낸다. 이런 행복, 정말 멋지지 않은가?

요리코의 부축을 받고 일어나며 새삼스럽게 행복을 곱씹고 있던 나의 귓가로 짜증 나는 목소리가 들려왔다.

"히노데, 무게한테 좀 더 다정하게 말해 주지 그래?"

"그래그래."

얄미운 말투에 매섭게 눈을 뜨고 그 말을 뱉은 장본인들을 봤다. 창문가에 기대고 있는 남자애 두 명. 에어컨을 틀지 않은 교실 창문은 활짝 열려 있었다.

한 명은 튀어나온 입매가 보기 싫은 녀석, 또 한 명은 아슬아슬하게 교칙을 지킬 수준으로 탈색한 머리가 더 꼴 보기 싫은 얄미운 녀석. 반나이와 니보리였던가? 같은 반이지만 성밖에 모른다. 이사미는 히노데와 사이가 좋고 나쁜 녀석은 아닌 것 같아서 이름을 기억해 두었지만, 이 자식들은 그럴 가치가 없다. 시간 낭비에 기억력 낭비, 내 인생의 낭비다.

"무시해."

뽀로통한 내 표정을 보고 요리코가 충고했다. 하지만 이것만큼은 그럴 수 없었다. 나는 바로 달리기 시작했다.

낄낄대는 반나이 앞에서 니보리가 허리를 꼬며 기분 나쁜 목소리로 말했다.

"히노데, 허스키한 목소리로 다정하게 속삭여 줘."

나는 두 사람에게 돌진하며 내 가방을 있는 힘껏 휘둘렀다.

"으악!"

내 움직임을 알아챈 반나이는 얄밉게도 슬쩍 피했고, 가방은 둔한 니보리의 얼굴에 멋지게 명중했다.

"아야! 뭐 하는 거야, 이 난폭한 녀석이."

"시끄러워, 시끄러워, 시끄러워!"

너희 따위가 그런 식으로 히노데를 부르지 말라고. 히노데 이름이 더러워져. 투덜거리려는 니보리와 반나이를

내버려 두고 나는 창틀을 밟아 교실로 뛰어 들어갔다.

히노데는 벌써 교실에 있었다. 반나이와 니보리의 목소리가 당연히 들렸을 텐데, 그다지 신경 쓰는 것 같지 않았다. 아무래도 좋다는 표정을 하고 자기 자리에 앉아, 가방에서 꺼낸 교과서를 책상 안에 정리하고 있었다. 저런 담담함도 너무 좋다.

"히노데, 히노데."

나는 맨 뒷줄에 있는 내 자리로 바로 가지 않고 히노데의 자리를 굳이 돌아서 지나갔다.

"다음에 내 스마트폰에 목소리 녹음 좀 해 줘! 자기 전에 들으면 엄청 좋은 꿈을 꿀 것 같아."

단, 지금 내게는 스마트폰이 없으니 녹음은 스마트폰을 선물받은 후의 이야기지만.

히노데는 대답하지 않았다. 나도 그 이상은 말을 걸지 않고 콧노래를 부르며 기분 좋게 내 자리로 돌아갔다.

"정말 무한 게이지 수수께끼 인간답네."

웃음 섞인 말을 한 사람은 히노데가 아니라 히노데 앞자리에 앉은 이사미다. 그래, 이게 내 별명이 생긴 사연이다. 무한 게이지 수수께끼 인간. 앞 두 글자만 따서 무게.

요리코를 포함한 나를 아는 동급생은 모두 이 이름으

로 나를 부른다. 바꿔 말하면 집을 나와 학교에 있을 때 나는, 사사키 미요가 아니라 무게다. 자, 남은 세 번째 이름은 뭐냐고? 음……. 그건 나중에. 지금은 니보리와 반나이 때문에 중단된 행복한 시간을 다시 음미하고 싶다.

자리에 앉아 의자를 덜걱덜걱 앞뒤로 흔들며, 나는 히노데가 아까 했던 말을 되풀이했다.

"'못 기다려'래! 어쩜."

하지만 기세 좋게 의자를 흔들어 댄 덕에, 뒤통수를 화려하게 바닥에 부딪치며 고꾸라지고 말았다.

"아얏."

역시 조금 아프네. 하지만 이 소란 때문에 이쪽을 힐끔 돌아본 히노데의 시선이 정말이지 너무나 매력적이어서, 좋은 게 좋은 거라 생각하기로 했다.

2

히노데를 좋아하기 시작한 것은 장맛비가 갠 직후 개최된 축제 날 밤이었다. 그날, 나는 틀림없이 히노데에게 반했다. 지금도 확실히 기억할 수 있다. 조용했던 밤, 우리는 좁은 공간 안에서 몸을 바싹 붙여 앉아 있었다.

'시공(時空)'이라는 이름이 붙은 구조물이었다. 초등학생 때 방과 후 수업에서 배웠다. 도코나메는 도자기와 복고양이가 유명한 도시로, 마을 여기저기에 이를 상징하는 것이 놓여 있다. 시의 관광 명소인 도자기 산책로 중간에 있는 노보리가마 광장에 설치된 거대한 도자기 구조물인 '시공'도 그중 하나였다. 토관을 겹쳐 쌓은 토템폴 같은 높은 기둥이 둥글게 원을 그리며 서 있고 중심부는 비어 있다. 형태가 인상적인지, 평소에는 관광객이 사진 찍는 모습을 많이 볼 수 있었다.

다만 그날은 밤이었고 축제가 열린 장소에 사람들이 몰려 있어, 광장에 있던 것은 나와 히노데뿐이었다.

둘뿐인 공간에서, 내 어깨를 감싸 안은 히노데가 부드러운 목소리로 중얼거렸다.

"세계가 사라져 버린 것 같아."

나도 속삭였다.

"정말……."

히노데는 내 머리를 쓰다듬으면서 말했다.

"싫은 일도 귀찮은 일도 여러 가지로 많지만 여기서 나갔을 때, 세계가 사라지고 없다면 그건 그것대로 싫겠지."

"와아, 로맨틱하기도 해라."

"다시 생각해도 역시 싫네."

히노데가 우리를 둘러싼 파란 기념물 위로 펼쳐진 밤하늘을 올려다보았다. 나는 천천히 몸을 일으켜 히노데의 얼굴에 내 얼굴을 가까이 했다.

"어?"

히노데의 조금 당황한 듯한 목소리를 들으며, **나는 히노데의 볼에 살짝 입술을 붙였다.** 멀리서 폭죽 터지는 소리가 들렸다. 하늘이 순간 환하게 밝아졌다. 빛 속에서 히노데의 웃음소리가 들려왔다.

"하하, 간지러워."

폭죽 소리가 사라진 뒤, 나는 히노데의 볼에서 입술을 떼었다. 히노데는 또다시 웃었다. 진심으로 즐거운 듯이 순수하게. 어린아이 같아. 나는 그 사랑스러움에 또 어찌할 바를 모르게 되어 다시 한번⋯⋯.

"무게!"

"아차."

갑자기 요리코가 큰 소리로 불러, 나는 보물과 다름없는 추억의 세계에서 현실로 돌아왔다. 지금 내가 있는 곳은 밤의 노보리가마 광장이 아니었다. 히노데도 없다.

여기는 방과 후 과자 가게 앞. 집으로 돌아가는 길에 요리코와 군것질 중이다. 오늘의 군것질거리는 계절의 정석이라고 할 수 있는 아이스크림이다. 여름은 역시 이거지. 요리코도 나도 꽁꽁 언 아이스크림보다 조금 녹은 아이스크림을 좋아한다. 흘러내리는 아이스크림의 달콤함과 부드럽게 녹은 부분이 절묘하게 섞여 정말 맛있기 때문이다. 하지만 이번엔 그게 재앙의 씨앗이 되었다.

벤치에서 막 일어나려던 요리코의 아이스크림이 막대에서 미끄러져 땅에 떨어진 것이다.

"아, 떨어졌다."

떨어진 아이스크림에서 눈을 떼지 못하는 나와 달리, 요리코는 아이스크림에 상관하지 않고 내 등짝을 팡팡 두들겼다.

"정신 차려! 꿈 좀 그만 꾸고."

그 충격 탓에 내 바닐라 아이스크림도 허공으로 날아가 땅에 착지해 멋지게 죽음을 맞고 말았다.

"내 영혼의 동반자 아이스크림이!"

"제발 현실로 돌아와."

"꿈이 아니라 정말이라고."

요리코는 내가 최근 히노데에게 열을 올리고 있는 것

을 그다지 응원하지 않는 것 같다. 조금 전에도 아이스크림을 먹으면서 히노데 이야기가 나왔다. 어째서 내가 히노데를 좋아하게 되었는지 물어본 것이다. 그래서 나는 정직하게 히노데와의 추억을 이야기했다.

말해 두지만, 맹세컨대 나는 거짓말하지 않았다. 방금 이야기는 꿈도 상상도 아닌 확실히 요전 축제 날 밤 일어난 일이다. 그런데 요리코는 내 말을 믿지 않았다.

"믿어 줘."

사망한 바닐라 아이스크림은 포기하고 벤치에서 일어서던 나는 흠칫 놀랐다. 과자 가게 앞 저편에 고양이가 보였다. 토실토실 살찐 커다란 길고양이가 이쪽을 빤히 바라보고 있었다.

아니, 이쪽이 아니다. 나를 바라보고 있었다. 고양이가 어슬렁거리며 가까이 다가왔다. 나는 숨을 삼키고 길가로 비켜서서 길고양이를 피했다.

요리코가 의아하게 물었다.

"고양이 싫어했나?"

"때와 장소와 고양이에 따라 달라."

저 고양이 펀치는 각별히 조심해야 하거든.

"자, 그럼 요리코. 내일도 잘 부탁해."

"뭐야, 그게. 몰라, 내일 봐."

이름 모를 작은 사당 앞에 있는 갈림길. 여기부터 가는 방향이 달랐다. 요리코와 헤어진 나는 혼자 오르막길을 올라갔다. 도코나메는 정말 오르막길이 많은 도시다. 그래서 자전거 통학은 불가능하다. 중학생인데 전기 자전거를 사 달라 할 수도 없고.

오르막길은 집까지 계속 이어졌다. 곳곳에 굴뚝이 솟은 골목길 풍경이 내 옆을 흘러간다. 요리코랑 함께 있을 때와 달리 걸음이 점점 느려졌다. 그 속도에 맞춰 무게의 웃는 얼굴이 사라지고 있다. 오르막길 탓이라고 하고 싶지만 거짓말이다.

오르막길은 이제 거의 끝났다. 집까지는 금방이었다. 그때 등 뒤에서 누군가가 나를 불렀다.

"미요, 미요!"

뒤돌아본 나는 무심코 '윽' 하는 소리가 나오려는 것을 목 안으로 삼켰다. 오르막길 아래쪽에서 손짓하며 달려오는 사람이 있었다. 장바구니를 든 이웃 아주머니다. 성이 쓰루가여서 어렸을 때부터 쓰루가 아줌마라고 부르고 있다. 위로 봐도 옆으로 봐도 덩치가 크다. 적어도 내 두 배는 되는 것 같다. 싫어하는 사람은 아니지만 좀 그렇다.

"안녕하세요."

나는 무게가 아닌 사사키 미요로서 인사했다. 숨을 몰아쉬면서 내 앞에 선 쓰루가 아줌마는 주위를 이리저리 둘러보고 나서 작게 말했다.

"너, 괜찮은 거니?"

"네?"

"아니, 뭐 조금 마른 거 아니니? 해쓱해졌는데."

그렇게 말한 아줌마는 내 팔뚝을 붙잡았다. 어찌나 힘이 센지 팔이 아팠다.

"아뇨. 별로 그렇지 않은데요."

몸을 비틀어 빼려고 하자 갑자기 아줌마가 팔을 놓았다. 그리고 마치 비극의 여주인공을 눈앞에 둔 관객처럼 울먹거리며 말했다.

"아, 미요. 난 정말 네가 가엾구나."

하지만 가여운 것은 내 팔뚝이다. 우아, 빨개진 것 봐. 아줌마, 왕년에 유도 배웠다던데 그 말이 정말이었나 봐.

"저기, 걱정하실 것 없······."

억지로 웃어 보이며 나는 슬금슬금 뒤로 물러나 도망치려고 했다. 그러나 그 시도는 완전히 실패로 돌아갔다.

쓰루가 아줌마가 갑자기 얼굴을 가까이 들이밀었다.

"밥은 꼬박꼬박 잘 먹니?"

"네, 그럼요."

"계속 있는 거지? 그 사람, 일부러 네가 싫어하는 음식만 주는 거 아니야?"

그러고 보니 요전에 티브이에서 유명한 대학 교수가 말하는 것을 들은 적이 있다. 이웃 간의 교제란, 귀찮고 번거로울 수 있지만 범죄 방지에 도움이 된다고 했다. 아동학대 뉴스였나? 실제로 쓰루가 아줌마는 그런 일을 막을 수 있는 믿음직한 정의의 아군일 것이다.

하지만 그런 일을 당하고 있지 않은 저에게 마을을 지키는 전사는 필요 없지 않을까요. 바라지도 않은 친절은 좀처럼 거절하기 쉽지 않고, 그렇다고 고맙게 받아들일 수도 없다. 그저 애매하게 웃으며 이 시간이 빨리 지나가기를 바랄 뿐이다.

"미요."

이번에는 다른 목소리가 나를 불렀다. 목소리 주인이 있는 방향으로 눈을 돌린 순간, 쓰루가 아줌마가 "어머" 하고 흠칫 놀랐다. 오르막길 위의 우리 집, 외양도 특별할 것 없고 특징다운 특징도 없는 흔한 이층집 문 앞에 그 사람이 서 있었다.

허리까지 내려오는 검은 머리를 뒤로 가볍게 묶은 채로. 늘 단정하게 입는 흰 블라우스도 그렇지만, 얼굴 생김새도 어딘가 싸늘해서 조금 그늘진 것처럼 보이기도 했다. 굳이 계절에 비유하자면 가을에 가까운 사람이다. 같이 살기 시작한 지 꽤나 시간이 흘렀다.

　"어머나, 안녕하세요."

　깜짝 놀란 표정을 지었던 쓰루가 아줌마는 금방 웃는 얼굴을 만들어 냈다. 그 사람도 작게 "안녕하세요" 하고 인사했다. 이대로 대화가 끊기면 소름 돋게 어색한 시간이 찾아올 거라는 것은 쓰루가 아줌마도 잘 알고 있었다.

　"그럼 미요, 잘 가렴. 호호, 실례했어요."

　'껄끄러운 말은 안 했어요, 이웃 아이에게 인사했을 뿐이랍니다'라고 말하는 듯한 억지웃음을 지으며, 쓰루가 아줌마는 재빨리 사라졌다.

　그 사람도 머리를 숙여 "안녕히 가세요" 하고 쓰루가 아줌마의 뒷모습에 대고 말했다. 네, 지금까지 표면적으로는 아무런 문제 없어 보이는 이웃 간 평범한 교제였습니다. 이제 뒤처리를 할 시간이다.

　나는 쓰루가 아줌마의 모습이 완전히 보이지 않을 때까지 기다렸다가 말했다.

"아줌마들은 정말 쓸데없이 오지랖이 넓다니까."

그 사람은 아까 쓰루가 아줌마가 한 말을 분명 들었을 것이다. 상대의 반응을 보면 안다. 그러니까 나도 여기서 똑똑히 말해 두어야 한다. 저 사람이 지나치게 참견하고 있는 것뿐이에요. 나와 당신은 그런 대립적인 관계가 아니라고요, 하고.

"다녀왔어요, 아줌마."

나는 웃는 얼굴로 가볍게 인사하고는 재빨리 현관으로 향했다.

"잘 갔다 왔니?"

그 사람도 부드러운 목소리로 인사하며 내 뒤를 따라온다. 이 사람의 이름은 미즈타니 가오루다. 엄마는 아니다. 언니도 이모도 아니다. **하지만 우리 아빠의 아내다.** 일단 그렇게 인식하고 있다.

"있잖니, 미요."

조금 망설이던 가오루 아줌마가 다시 말을 걸어온 것은 내가 현관문을 열고 집에 막 들어왔을 때였다.

"내일 날씨가 맑아진다고 해서 이불 널어놓으려고 하는데."

이 말을 해석하면, '네 방에 들어가도 되겠니?'가 된다.

나는 신발을 벗으면서 최대한 부드러운 목소리로 곧장 대답했다.

"제 이불은 괜찮아요."

"하지만 햇빛에 널고 나면 기분 좋을걸?"

"괜찮아요. 다음에 제가 할게요. 귀찮으실 텐데."

"아니야, 괜찮아."

아줌마의 중얼거림에는 대답하지 않고 나는 거실 문을 열었다. 거실은 부엌과 붙어 있는 구조다. 두 쪽 다 불이 꺼져 있었다. 아줌마가 들고 있는 장바구니를 보니, 막 돌아온 모양이었다.

냉장고를 향해 가려던 나는 발치에서 다갈색 털 뭉치를 발견했다. 날씬한 몸은 유연했고, 보기만 해도 탄력이 느껴졌다. 눈동자는 털색과 달리 에메랄드 같은 초록색이다. 집에서 기르는 고양이다. 내가 돌보는 것은 아니지만.

"오, 기나코."

친근하게 이름을 부르며 손을 내밀어도 기나코는 나를 따르지 않는다. 내게 잠깐 시선을 준 후 바로 고개를 돌리고는, 꽃무늬 바닥을 사뿐사뿐 걸어가 내 뒤에 있는 아줌마에게 애교를 부렸다.

"역시 새끼 때부터 기른 사람은 다르구나."

손을 거둔 나는 냉장고 문을 열어 보리차를 꺼냈다.

"냉동실에 아이스크림 있어."

"돌아오는 길에 먹었어요."

"그래?"

"그냥 아줌마 드세요. 기나코랑 같이."

내가 웃는 얼굴로 대답하자, 가오루 아줌마는 왠지 복잡한 표정을 지으면서 작게 "그래" 하고 고개를 끄덕였다.

"저녁 다 되면 부를게."

"네."

나는 거실을 나와 계단을 올라갔다.

"기나코, 간식 먹을래?"

"야옹."

둘의 대화를 들으면서 2층에 있는 내 방으로 들어갔다.

문을 잠그고 목소리가 1층까지 들리지 않을 것을 확신한 후에, 나는 혼잣말로 중얼거렸다.

"하, 아줌마도 짜증 나겠네."

아까 쓰루가 아줌마가 한 말 때문이 아니다. 집에 있을 때 아줌마는 언제나 나를 신경 썼다. 지나치게 간섭하지 않으려고 한발 물러서 있으면서도, 방임하고 싶지는 않은지 때때로 말을 걸며 깊이 들어오려고 했다.

그렇게 신경 쓰는 거 필요 없는데. 지금 우리는 그런대로 문제없이 살고 있다고 생각한다. 물론 나는 아줌마를 엄마라고 생각하지는 않는다. 아줌마도 나를 딸이라고 생각하지는 않겠지. 그런데도 우리는 같은 집에서 산다. 그 외에 뭐가 있지?

"그냥 내버려 뒀으면 좋겠는데. 난 내 마음대로 할 거니까."

내 방에는 벙커 침대가 있다. 가방을 방구석에 아무렇게나 던져 버리고, 나는 의자를 발판 삼아 딛고 올라가 침대 위를 뒤적였다. 이불 안쪽을 살살 더듬어 보니 서늘한 느낌의 무언가가 손가락 끝에 닿았다. 감춰 두었던 그걸 몸을 쭉 뻗어서 끌어당기다가, 그만 균형을 잃고 말았다.

"앗, 차, 차!"

다행히 운이 좋아 간신히 고꾸라지지 않았다. 빙글 몸을 회전시킨 나는 그대로 발판으로 썼던 의자 위에 풀썩 앉았다. 숨을 크게 내쉬었다. 그리고 손안에 있는 그것을 바라보았다.

새하얀 가면. 아이들을 상대로 파는 싸구려 캐릭터 가면 같은 게 아니다. 표면의 감촉은 도코나메 특산품인 도자기와 상당히 닮았다. 한 가지 이상한 건, 언제 만져도 온도가 일정하다는 것이다. 지금도 그렇다. 여름 한가운데를 지나고 있는 때, 창문을 닫은 방 이불 속에 감춰 두었던 가면은 마치 냉장고에서 방금 꺼낸 것처럼 서늘했다. 가면 전체가 보냉제로 감싸진 것 같았다. 어떤 원리로 이렇게 되는 것인지 잘 모르겠다.

하지만 그런 건 아무래도 좋다. 중요한 것은 이 가면이 내 하루의 절반을 즐겁게 해 주는 마법의 물건이라는 점이다.

"후후, 내 마음대로 할 거야."

그래, 지금 나는 가오루 아줌마를 포함한 이 집의 어떤 것에도 관심이 없다. 관심을 가지고 싶지도 않다. 중요한 것은 모두 바깥에 있다. 요리코 그리고 무엇보다 히노데.

이 가면은 아주아주 중 요한 히노데와 나를 가깝 게 연결해 준다. 나는 작 게 미소 짓고 의자에서 일어섰다. 손에 들고 있던 가면을 얼굴에 쓴 후 그 자리에서 뒤로

공중제비를 돌았다. 그 순간, 요정의 날개 가루라도 뿌린 것처럼 반짝거리는 빛이 내 전신을 감쌌다.

동시에 창문과 비슷했던 내 눈높이가 세탁물 바구니로 급강하했다. 문득 옆을 보니, 바닥에 아무렇게나 던져 놓았던 가방의 금속 부분에 내 모습이 비쳤다.

그 모습은 교복을 입은 사사키 미요도 아니고 무게도 아닌, **새하얀 고양이였다.**

3

장마는 끝났다고 했는데 보슬비가 내리던 날, 축제가 열렸다. 날씨도 그랬지만 내게는 역사상 최초로 최악의 축제가 될 것 같은 날이었다.

일단 요리코가 이모의 제사 때문에 함께 가지 못하게 되었다. 이때부터 갑자기 구름의 움직임이 이상해졌다. 요리코와 같이 가지 못하게 돼서, 함께 축제에 가자는 엄마의 권유에 응하고 말았다. 여기서 말하는 엄마는 가오루 아줌마가 아닌 진짜 우리 엄마, 초등학생 때 나를 두고 집을 나가 버린 우리 엄마다.

얼굴을 마주하고 보니 전보다 화장이 진해진 엄마는

신세 한탄인지, 부탁인지 잔소리인지 모르겠는 말만 늘어 놓았다.

"미요가 아빠한테 물어봐 주지 않을래? 그러면 다시 함 께 살 수 있을지도 몰라. 아빠가 재혼하기 전에 말이야."

이런 말도 안 되는 부탁을 하길래 결국 나는 화가 나서 소리를 질렀다.

"내가 이해하지 못할 얘기면 처음부터 하지를 마!"

"미요, 괜찮아. 화내는 게 당연한걸. 하지만 어른에게는 어른만의 사정이 있단다."

실제로 나는 엄마가 왜 집을 나갔는지 아직도 잘 모른 다. 그때 혼자 남은 아빠가 내게 여러 가지를 설명해 주었 지만, 반도 믿지 않았다. 게다가 한쪽이 일방적으로 하는 이야기니까. 아빠는 아빠대로 엄마가 나가고 나서 얼마 되지 않아 가오루 아줌마와 나를 만나게 했고.

엄마의 말에서 이해할 수 있던 부분은, 집을 나갔던 엄 마가 다시 나와 함께 살고 싶어 한다는 것뿐이다. 하지만 이미 가오루라는 사람이 생긴 아빠에게 그런 건 생각할 필요조차 없는 일일 테니, 엄마는 나를 아군으로 삼아 이 런저런 일을 시키려고 하는 게 분명했다.

'싫다.'

안개처럼 보슬비가 내리는 축제 날, 노점 앞에서 엄마와 다투고 헤어진 나는 보도블록이 깔린 길을 터벅터벅 걸어갔다. 이상하게도 주변에는 아무도 없었다. 그저 길 양옆에 빼곡히 늘어선 빨간 등롱만이 눈길을 끌었다. 밝게 빛나는 불빛을 감싼 헝겊에 '신등'이라는 글자가 먹으로 굵게 쓰여 있었다.

걸으면서 난 속으로 몇 번이고 되풀이했다.

'이딴 세상, 지긋지긋해. 없어져 버렸으면 좋겠어.'

그때였다.

"앗!"

갑자기 들린 외침에 나는 깜짝 놀랐다. 왜냐하면 길 위에는 아무도 없었기 때문이다. 내 앞에도 뒤에도 하지만 그 노점은 확실히 그곳에 있었다.

빨갛게 칠한 나무로 만든 매대 위에는 가면이 죽 진열되어 있었다. 색은 다양했지만 전부 고양이 모양이었다.

"가면?"

내가 중얼거리자, 매대 옆에 앉아 있던 주인이 내 쪽을 돌아보았다. 고풍스러운 기모노를 입고 풍채가 좋은, 아니 몸 자체가 엄청 큰 사람이었다.

"어서 오쇼."

모자를 깊이 눌러쓴 가게 주인은 손에 든 담뱃대를 뻑뻑 빨면서, 내게 히죽 웃어 보였다.

"써 볼 테냐?"

그 순간, 묘하게 차가운 바람이 내 어깨를 스쳐 갔다. 길가에 늘어선 빨간색 등롱에 쓰인 글자가 '신등'에서 '묘등'으로 바뀐 것을 알아챈 것은 훨씬 나중이었다.

여기까지가 고양이로 변할 수 있는 신비한 가면을 손에 넣게 된 이야기다. 무슨 뜬구름 잡는 소리냐고? 이해가 안 간다고? 그렇지만 나도 대체 어떻게 된 영문인지 모른다. 등롱에 둘러싸인 돌길과 노점이 현실에 과연 존재하는 것인지, 아니면 내가 뭔가에 홀린 건지 지금도 확신할 수 없다.

하지만 확신은 없어도 된다. 그 세계가 존재하든 아니든, 나는 지금 이렇게 가면을 쓰고 고양이로 변할 수 있으니까.

'영차.'

하얀 고양이가 된 나는 도로 위를 가로지르듯 만들어진 우리 시의 명물인 이치기 다리를 건너 사뿐사뿐 길을 걸었다. 가면을 써서 변신하면 몸 쓰는 감각도 고양이와 비슷하게 변하는 건지, 이상하게도 네발로 걷는 것에 전혀 위화감이 없다. 몸이 가볍게 움직였다.

오르막길을 지나, 나는 한 도자기 공방에 도착했다. 바로 옆에 벽돌 굴뚝이 보였다. 최근에 사용된 적이 없는 것 같았다. 석탄 대신 전기나 가스를 사용하게 되면서, 도코나메에 남은 굴뚝은 대부분 쓰이지 않게 되었다고 한다. 도자기 공방 곁에는 목조 주택이 한 채 붙어 있었다.

나는 공방 옆에 놓인 잡다한 물건들을 이용해서 가볍게 그 집의 지붕에 기어 올라갔다. 이것도 고양이의 몸으로 할 수 있는 특권이다. 인간의 몸과 달리 여러 장소에 올라갈 수 있고, 어느 정도 높은 곳에서 떨어져도 상처 하나 입지 않는다. 지붕 위에서 나는 목표물을 찾았다.

아마 지금쯤은 돌아왔을 텐데. 곧 익숙한 목소리가 내 고막을 간질였다.

"타로?"

정원 쪽이다.

"타로, 아직 안 온 거야? 타로."

나는 지붕 위를 달렸다. 아래쪽에 있는 검은 머리를 발견한 뒤 망설이지 않고 지붕에서 뛰어내렸다.

"야옹."

내 목소리를 들었는지, 검은 머리가 돌아보았다. 이쪽을 보는 맑은 눈, 조금 놀란 표정. 시간의 흐름이 잠시 느려진 듯한 느낌이 들었다. 나는 그 얼굴에 온몸을 내던지듯 부딪쳤다.

"타로…… 앗!"

그런데 애정 표현이 너무 과했던 것 같다. 갑작스러운 돌격에 상대는 균형을 잃고 그대로 뒤로 넘어졌다. 내 작은 몸을 꽉 안고는 등 뒤에 있는 키 작은 덤불 사이를 굴러가, 도자기 공방 앞까지 가서 겨우 멈추었다.

주변이 정적에 휩싸였다. 벌렁 누운 그 사람, 히노데는 멍한 표정으로 하늘을 올려다봤다.

"야옹."

가슴 위에 올라탄 나는 작게 울고 히노데의 눈동자를 들여다보았다. 그러자 히노데의 표정이 변했다. 입가가 허물어지더니 하하 소리를 내며 웃었다. 축제 날 밤에도 보여 주었던 어린아이처럼 웃는 얼굴이었다.

"타로야."

웃으면서 다시 한번 이름을 부른 히노데는 나를 들어 올리더니 그대로 자신의 얼굴을 내 얼굴에 가까이 댔다.

"너한테서 햇빛 냄새가 나."

'히노데.'

대답하는 내 목소리는 그의 귀에 들리지 않는다. 지금은 고양이의 모습이라 아무리 말해도 히노데에게는 야옹거리는 울음소리로만 들리는 것이다. 하지만 고양이의 모습이 아니면 히노데는 이렇게 얼굴을 가까이 붙여 오지도 않고, 애정 가득한 목소리로 내 이름을 불러 주지 않겠지.

그렇다. 이것이 앞에서 이야기하지 않은 내 세 번째 이름이다. 타로. 히노데가 지어 준, 사사키 미요도 무게도 아닌 이름.

아이스크림을 먹으며 요리코에게 이야기했던 노보리

가마 광장에서의 추억은, 미요나 무게가 아닌 타로로서 경험한 것이다. 타로라면 이런 것도 할 수 있으니까.

"후후."

"야옹."

땅 위에 누운 채로 나와 히노데는 서로 볼을 몇 번이고 비벼 댔다.

"겐토? 뭐 하고 있니?"

어느샌가 공방에서 일하는 젊은 일꾼이 건물 밖으로 나와 조금 이상한 표정으로 이쪽을 바라보고 있었다.

이런 일이 생긴 건 아마 그 축제 날 밤에 내가 인간이라는 것이 너무나 싫다고 느껴서 때문일지도 모른다. 엄마, 아빠, 집 다 진절머리가 나서 모든 게 싫어졌다. 세상이 부서졌으면 좋겠다고 마음속으로 빌었다. 그러다가 그 가면 가게를 만나게 되었고, 고양이로 변할 수 있는 가면을 손에 넣었다. 만약 그때 아무 일도 없었다면, 나는 가면을 쓴 채 쭉 고양이로 살았을지도 모른다.

하지만 고양이가 된 나는 그날 밤, 히노데를 만났다. 하늘을 물들인 불꽃놀이를 배경으로 나에게 말을 걸어온 히노데는 상냥한 눈동자를 하고, 학교에서는 보여 준 적 없는 순수한 웃음을 지어 보였다.

'여기서 나갔을 때, 세계가 사라지고 없다면 그건 또 그
것대로 싫겠지.'

히노데의 그 말 덕에 나는 '이 세상에도 하나쯤은 괜찮
은 게 있네'라는 생각을 갖게 되었다.

히노데의 집이 운영하는 도자기 공방은 히노데의 외할
아버지의 할아버지가 열었다고 한다. 히노데의 가족은 외
할아버지와 어머니, 누나 그리고 히노데까지 넷이다. 아
버지는 히노데가 중학생이 되었을 무렵에 돌아가셨다고
한다. 타로가 되었을 때 그런 이야기를 주워들었다.

히노데는 도예가인 할아버지를 무척 존경하는 듯, 집
에 돌아오면 항상 할아버지의 작업실로 가서 도자기를 만
드는 데 열을 올렸다. 히노데의 어머니는 그런 히노데를
탐탁지 않은 눈으로 본다. 뭐, 나도 히노데도 아직 중학생
이다. 그다지 떠올리고 싶지 않지만 세상에서 우리에게
부여한 본업은 뭐니 뭐니 해도 공부니까.

히노데는 오늘도 어머니에게 잔소리를 들었는지, 할아
버지와 같이 물레를 돌리면서 조금 지겹다는 말투로 이야
기하고 있었다. 할아버지는 히노데의 이야기를 인자한 표

정으로 듣고 있었다. 타로로 변했을 때 만난 것이 전부지만, 히노데의 할아버지는 항상 온화한 사람이었다. 화내는 일이 있기는 할까 싶을 정도로 말이다. 게다가 히노데 말에 맞장구를 치면서도 흙의 모양을 다듬어 가는 손길에는 전혀 흐트러짐이 없다. 도자기로 유명한 도코나메에 살고 있으면서, 도자기에 전혀 흥미가 없는 나도 히노데가 할아버지를 왜 존경하는지 알 것 같았다.

한바탕 히노데의 이야기를 다 들어 준 할아버지는 차분한 목소리로 말했다.

"그 녀석도 여러모로 불안한 거겠지."

여기서 그 녀석이란 히노데의 엄마다.

"신경 쓰지 말거라. 너는 나와 달리 머리가 좋으니까, 사치코가 희망을 가지는 것도 무리가 아니지."

실제로 학교에서 히노데의 성적은 매우 좋은 편이다. 특히 요즘 성적이 많이 올랐다. 나는 그 이유도 알고 있다. 방과 후, 히노데는 작업실에 있을 때 말고는 거의 공부에 매진한다. 성적이 떨어지면 외할아버지에게 도예 배우는 것을 싫어하는 엄마가, 그 시간에 공부나 하라는 잔소리를 늘어놓을 것이 뻔하니까 노력하는 것이다.

물레를 돌리면서 히노데가 할아버지에게 말했다.

"할아버지는 멋진걸요."

할아버지는 손을 멈추지 않고 허허하고 웃음소리를 냈다. 즐거워 보이는 할아버지와 달리 히노데의 표정은 진지했다. 지금 히노데가 물레 위에서 형태를 잡고 것은 중간 크기의 접시다. 신중함을 담은 히노데의 손안에서 접시 가장자리가 얇게 다듬어지고 있었다.

그때 갑자기 접시의 모양이 허물어졌다. 돌아가는 물레 위에서 접시 가장자리가 엉망으로 무너지고 파도치듯 일그러졌다. 눈 깜빡할 새, 접시는 전위예술을 도입한 참신한 꽃병 같은 것으로 변해 버렸다.

"앗……."

할아버지는 작업하는 손을 멈추지 않고 망연자실한 히노데를 흘끗 보았다.

할아버지는 웃음 섞인 표정으로 스승처럼 말했다.

"마음이 흐트러지면 그릇에 나오지."

"네……."

히노데는 어깨를 축 늘어뜨리고 고개를 끄덕였다. 나는 그런 히노데를 향해 몸을 늘였다. 물레 앞에 앉은 히노데의 장딴지를 앞발로 열심히 비볐다. '힘내, 실망하지 마. 할아버지는 물론이고 히노데도 멋져' 그런 마음을 담아서. 하지만 애석하게도 나의 마음은 잘 전해지지 않은 모양이다.

"응? 배고파?"

"야옹."

"할아버지, 부엌 좀 쓸게요."

"그럼 잠깐 쉬기로 할까?"

작업실 바로 옆에는 할아버지가 머무르는 본채가 있다. 본채 부엌은 그야말로 부엌이라는 단어가 어울리는 장소였다. '시스템 키친' 같은 멋스러운 이름이 붙은 공간이 아니다. 맨발이나 실내화가 아닌 간편한 실외용 신발을 신고 일해야 하는 데다, 급탕기는 없고 수도꼭지에서 나오는 물은 지하수다. 냉장고는 크기도 크기지만 오래된 티가 풀풀 났다.

하지만 나는 이곳이 무척 마음에 들었다. 히노데가 좋아하는 장소니까. 그런 의미에서는 도자기도 똑같으려나. 나는 도자기에 큰 흥미가 없다. 하지만 히노데가 좋아하니까 좋다. 정말 좋다. 역시 흥미는 없지만.

히노데는 가스레인지 앞에 서서 냄비 안에 넣은 닭고기가 익었는지 살폈다. 내가 야옹거리면서 응석 부리며 히노데 발치에 매달리고 있는데, 조금 굵은 목소리가 들려왔다.

"잘됐구나, 타로야."

도자기 공방에서 일하는 젊은 일꾼이었다. 사카구치 씨라고 했던가. 나이는 이십대 중반 정도로 보였다. 공방에서 정식으로 일하고 있는 사람은 할아버지와 이 남자뿐이다. 히노데는 견습생 정도의 위치인 것 같았다.

냉장고에서 녹차가 담긴 페트병을 꺼내 마시던 사카구치 씨가 웃으며 말했다.

"타로는 겐토가 만든 걸 제일 좋아하는구나. 그런데 요 녀석, 털도 잘 핥지 않고 긁어 대지도 않네. 특이하게."

그러면서 나를 만지려고 손을 뻗었다. 나는 즉시 등을 둥글게 휘고서 전력을 다해 위협하는 소리를 질렀다.

"하악!"

"오, 무서운걸."

사카구치 씨가 쓴웃음을 짓고 손을 내렸다. 흥, 얕보면 곤란하다. 지금 나는 분명 타로고 고양이지만, 쓰다듬거나 볼을 비벼도 괜찮은 건 히노데뿐이다.

웃고 있던 히노데가 나를 바라보며 말했다.

"넌 타로가 다시 태어난 것 같아."

타로는 히노데가 옛날에 키웠던 개의 이름이었다고 한다. 히노데의 아빠가 살아 있을 때부터 키웠다고 하는데, 가족 중에서도 히노데를 특히 따랐다고 한다.

"좋아, 됐어."

히노데가 닭 가슴살을 접시에 담아서 내 앞에 두었다. 여기서 히노데의 매력을 또 하나 알려드리지요. 놀랍게도 히노데는 이래 봬도 요리를 꽤나 잘해요.

나와 같은 나이에 셔츠도 직접 다리고 요리도 잘한다니 정말 멋지지 않은가! 아니, 나는 둘째로 치고 히노데의 누나도 요리를 잘하지 못한다. 그런데 남동생인 히노데는 할 수 있다. 대체 어떤 어린 시절을 보낸 건지 타로로 변해서 과거로 돌아가, 옆에서 쭈욱 지켜보고 싶다.

"야옹."

작게 울고 나는 닭 가슴살을 기쁘게 한 입 물었다. 고양이로 변신했다고 해도, 내 미각은 고양이라기보다 인간에 가까웠다. 그러니까 고양이 사료나 간식을 먹는 건 무리다. 혀가 받아들이지 못한다.

히노데가 해 준 닭 가슴살 요리는 인간도 먹을 수 있는 맛이다. 소금을 조금 치고 육수를 끼얹은 닭고기에서 맛있는 냄새가 났다. 히노데도 처음에는 내게 고양이 사료를 먹이려고 했지만 내가 먹지 않으니 여러 가지로 궁리한 다음 요리해 주기 시작했다.

정신없이 닭 가슴살을 먹고 있는데, 뒤에서 녹차 페트병을 손에 든 채로 담배를 피우던 사카구치 씨가 말했다.

"다른 곳에서도 얻어먹을 거 아냐. 살찐다, 너."

히노데는 닭 가슴살을 먹고 있는 내 등을 쓰다듬으며 말했다.

"난 통통한 고양이가 좋아. 너무 뚱뚱해지면 곤란하지만."

오호, 그렇군. 지금 처음 들은 정보다. 머릿속에 확실히 적어 둬야지. 이런 깨알 같은 정보를 들을 수 있다는 것도 타로의 특권이다. 학교에서는 볼 수 없는 히노데의 모습과 들을 수 없는 이야기를 접할 때마다, 나는 점점 히노데를 좋아하게 되었다. 히노데도 타로가 된 나를 귀여워해 준다.

언젠가 그런 히노데를 타로가 아닌 무게나 사사키 미요인 내가 마주할 수 있게 된다면…… 하지만 현실은 좀처럼 내 마음대로 돌아가지 않는다.

'적어도 웃는 얼굴이라도 볼 수 있으면 좋을 텐데.'

닭 가슴살을 먹으면서 생각에 잠겨 있을 때였다. 전조

도 없이 뎅, 하고 오래된 종이 울렸다. 할아버지 집의 오래된 시계가 울리는 소리였다. 시침이 오후 일곱시를 가리키고 있었다. 아직 어둠이 완전히 깔릴 시간은 아니다. 하지만 슬슬 서둘러야 했다. 창밖으로 보이는 하늘에 석양의 붉은 색이 퍼지고 있었다.

타로의 시간은 여기까지다. 나는 집에 돌아가서 사사키 미요로서 가오루 아줌마가 만든 저녁밥을 먹어야 한다. 그러지 않으면 곤란해진다. 이게 사람과 고양이를 오가는 이중생활의 제일 힘든 점이다.

나는 급하게 식사를 마무리했다. 그대로 달려 밖으로 나가려고 하자, 히노데가 아쉽다는 듯이 말했다.

"타로, 벌써 가 버리는 거야?"

움직이던 다리가 멈췄다. 아니, 멈출 수밖에 없었다.

'벌써 가 버리는 거야?'

뭐야. 다리 힘이 풀렸어. 내가 돌아가는 걸 히노데가 아쉬워한다고? 나를 붙잡고 싶어 한다고? 내 몸이 통째로 히노데에게 끌려가는 기분이다. 또 세계가 바뀔 것만 같다. 요리코와 히노데를 뺀 모든 인간이 허수아비로 변하는 세계로. 그 세계는 장밋빛으로 빛나고 굉장히 달콤한 향기가 난다. 들이마시는 것만으로 머릿속 깊은 곳부터

발끝까지 전율이 흐르는 듯한 그런 향기.

하지만 나는 돌아가야 한다. 별로 돌아가고 싶지 않은 그곳에. 나는 너무나 좋아하는 히노데의 모습을 한 번 더 눈에 담고는 온 마음을 담아 울었다.

"야옹!"

조금이라도 히노데에게 진심이 닿았으면 좋겠다는 마음으로.

조금 흥분했던 걸까. 사람에 따라 흥분했을 때 나타나는 생리 현상에 차이가 있겠지만, 나는 그다지 소리 내어 말하고 싶지 않은 형태로 나타난다. 화장실이 가고 싶어지는 것이다. 게다가 이건 타로로 변했을 때 특히 심하게 나타난다.

물론 지금은 인간이 아닌 고양이의 몸이다. 일일이 화장실을 찾아가지 않아도 적당히 저 근처에서…… 해결할 수 있을 리가 없다. 게다가 당연하지만 이 세상에 존재하는 공중화장실 대부분은 인간용이다. 고양이의 몸으로 인간용 화장실을 쓰는 것은 정말 어렵다. 사람의 눈을 피해 안에 들어가는 것까지는 그다지 어렵지 않지만, 그 뒤가 굉장한 고역이다. 일을 다 끝내고 손 씻기도 어렵다. 그러

니까 집에 도착해서 인간으로 돌아갈 때까지는 참는 편이
낫다.

하지만 참는 데도 한계가 있다.

결국 집까지 버티지 못하고 길가 공원 공중화장실에서
일을 해결하고 나와 가볍게 한숨을 쉬었다.

"하아. 화장실 걱정 좀 안 하면 좋을 텐데."

공원 식수대의 수도꼭지를 앞발로 비틀었다. 이제 완
전히 해가 저물어 있었다. 지금부터 열심히 가면 저녁 시
간에 어찌어찌 맞출 수 있을 것이다. 시간이 넉넉한 것은
아니니 여유를 부릴 수는 없었다. 특히 고양이로 변한 상
태라 더욱 조심해야 했다. 이 부근은 성격 나쁜 얼룩무늬
고양이의 영역이라고 들었다. 녀석은 신참인 내가 마음에
들지 않는지 마주치면 반드시 시비를 걸어왔다. 빨리 빠
져나가는 편이 좋았다.

수도꼭지를 한 번 더 돌려 물이 나오지 않게 잠갔다. 그
때 덜컹하고 커다란 소리가 났다. 공원에 있는 자판기 쪽
이었다. 나는 반사적으로 몸을 웅크리고 자리를 피했다.

"망할 얼룩 고양이!"

그런데 얼룩 고양이가 아니었다. 어둑한 자판기 주변
에서 빛이 새어 나오고 있었다. 자판기의 배출구가 빛을

뿜어내며 덜컹덜컹 흔들렸다.

살짝 들린 플라스틱 커버 안에서 뭔가 묘한 것이 빠져나오려 하고 있었다. 언뜻 봐서는 부푼 풍선 같았다. 이내 그것이 밖으로 나오자, 좁은 출구로 무리하게 기어 나오려고 몸을 변화시켜서 그렇게 보였을 뿐이라는 것을 알 수 있었다. 저것을 한순간이나마 귀여운 풍선 따위로 착각한 것이 어처구니없었다. 둥글둥글 살찐 몸뚱이에 고풍스러운 기모노를 입은 모습이 서서히 드러났다. 이런 크기로 어떻게 저 안에 있었을까. 백만 번을 다시 봐도 신기할 커다란 몸집이다. 그러나 질문을 던져 봤자 제대로 된 대답이 돌아올 리 없다는 것을 나는 이미 알고 있다.

"느와앙."

괴상한 울음소리를 내며 상대는 자판기 밖으로 몸을 퐁, 하고 완전히 빼냈다. 기모노를 입고 있긴 하지만, 인간이 아니다. 축제 날 밤에 처음 마주쳤을 때는 눈치채지 못했지만 저 녀석은 누가 봐도 삼색 고양이였다.

"뭐야, 너냐."

나는 위협하는 자세를 풀었다. 그런 나를 내려다보면서 그는 싱긋 웃었다. 내게 고양이가 될 수 있는 가면을 팔았던, 그 가면 장수였다.

4

수상쩍은 느낌으로 말할 것 같으면 이놈이 최고일 것이다. 기모노 입고 담뱃대를 물고 있는 건 그렇다 치고, 고양이인 주제에 두 다리로 걷고 마치 인간처럼 유창하게 말하면서, 고양이인 내가 하는 말도 확실히 알아듣는다. 아, 이건 같은 고양이니까 당연한가.

아무튼 전체적으로 수상쩍은 기운을 풍긴다. 삼색 고양이의 탈을 쓴 가면 장수는, 자판기 앞에서 크게 기지개를 켠 후 공중화장실과 나를 번갈아 보면서 놀리듯이 말했다.

"히노데 집에서 일 보지 그랬어? 그럼 더 오래 같이 있을 수 있었을 텐데."

무슨 얼토당토않은 말을 하는 건지.

"싫어. 뒤처리가 안 되잖아."

"고양이는 휴지가 필요 없어. 핥으면 끝이야. 경제적이지."

"더러운 소리 좀 하지 마!"

"마음의 벽을 만들지 말라니까."

가면 장수는 묘하게 느릿한 움직임으로 내게 큰 머리

통을 디밀었다. 그리고 손톱이 뾰족한 앞발로 내 볼을 쥐
듯이 스르륵 쓰다듬으며 말을 이었다.

"묘생(猫生)을 즐기라고."

순간 등에 소름이 돋아, 나는 뒷걸음질을 쳤다.

"말하지 않아도 이미 만끽하고 있거든!"

가면 장수가 거슬리는 목소리로 시끄럽게 웃었다.

"와하하하!"

주변에 사람이 있었다면 틀림없이 알아차릴 크기였다.

하지만 기이하게도 이 녀석이 내 앞에 모습을 드러낼 때

주위에 사람이 있었던 적은 한 번도 없다. 마치 사람이 존재하지 않는 무인도에 떨어진 느낌이다.

아무도 없는 공간이 울리게 웃던 가면 장수가 말했다.

"그럼 그 가면값으로, 인간의 얼굴을 내게 다오."

"뭐?"

"이제 필요 없지 않아?"

"싫어!"

나는 도망치기 시작했다. 가면 장수는 두 다리로 걸어, 공원 밖을 향해 달리는 내 뒤를 쫓아왔다.

"고양이가 되고 싶은 인간에겐 고양이 가면을, 인간이 되고 싶은 고양이에겐 인간 가면을 파는 것이 내 일이란다. 이제 넌 멋진 고양이의 삶을 얻는 거야."

아무리 달려도 가면 장수의 묘하게 끈적거리는 목소리가 귀에 달라붙었다.

"오지 마!"

"성가신 인간의 얼굴 따위 던져 버리고 고양이의 편안한 삶을 즐기렴."

이 말을 끝으로 갑자기 가면 장수의 발소리가 끊겼다.

"어, 없어졌나?"

돌아보니 통통하게 살찐 거대한 몸도 보이지 않았다.

"정말 뭐야? 고양이의 편안한 삶이라니."

나도 걸음을 멈추고 한숨 돌렸다. 하지만 바로 그때, 사라졌다고 생각했던 가면 장수가 바로 옆에 있다는 것을 알아차리고 펄쩍 뛰어올랐다.

"냣!"

대체 언제 온 건지, 가면 장수는 길가 벤치에 유유자적하게 앉아 있었다.

"응원하고 있단다."

가면 장수는 손에 든 담뱃대를 크게 빨아들이고는 후우, 하고 연기를 내 쪽으로 내뿜었다.

"콜록콜록."

"히노데에게 말하렴. 타로는 사실 나야, 하고. 그러면 무정한 히노데도 금방 넘어올걸."

"콜록. 싫어. 싫어, 싫어. 그건 아니야."

담배 연기에 연신 콜록대면서, 나는 당황해 고개를 좌우로 내저었다.

"애초에 믿어 줄 리도 없고. 만약 믿어 준대도 오히려 타로를 싫어하게 된다면 어쩔 건데?"

무게를 대하는 히노데의 태도를 생각해 보면, 아니라고 잘라 말할 수 없었다.

"그러니까 타로로서 정보를 수집하고, 무게인 상태에서 친해질 거야."

"그 작전은 실패할 게 뻔해."

"시끄러, 시끄러! 당신 진짜 너무 수상하다고!"

별안간 내 앞에 나타나서 고양이가 될 수 있는 가면을 준 것도 의심스러운데, 이 녀석은 왠지 나에 대해 잘 알고 있다. 히노데, 학교생활, 집안 사정, 가족을 직접 마치 본 것처럼 이야기하며 인간의 생활을 헐뜯고 고양이로 살기를 집요히 권한다. 정말로 성가실 지경이다.

"고양이 가면과 내 얼굴을 교환하면 당신한테 무슨 이득이 있는데?"

"좋은 의미의 재활용이지."

"거짓말!"

이번에는 달아나지 않고 단단히 각오한 다음 가면 장수에게 덤벼들었다.

"냐하하하하하!"

하지만 가면 장수는 나를 가볍게 피한 후, 믿기지 않는 점프 실력으로 공중을 날았다. 마치 바람에 돌아가는 팔랑개비처럼, 가면 장수는 빙글빙글 옆으로 회전하면서 하늘을 날았다. 그리고는 근처에 있던 토관 안으로 날아 들어갔다. 토관이라고 해도 실제로 사용하는 게 아니라 어디까지나 공원 조경의 일부로, 이제는 쓰지 않는 물건을 오브제로 설치해 놓은 것이다. 장식이니까 토관의 끝이 어딘가로 연결되어 있을 리도 없다.

달려가서 토관 안을 들여다보았다. 가면 장수는 흔적도 없이 사라진 후였다.

"뭐야……."

언제나 자기가 말하고 싶은 것만 말하고 사라지고 싶을 때 휙 사라져 버린다. 역시 수상쩍다. 고양이가 될 수 있는 편리한 가면을 준 건 고맙지만 말이다.

나는 인간과 고양이 사이를 오가는 이중생활에 만족하기 때문에 녀석이 뭐라고 하든 따를 마음이 없다. 가면과 얼굴을 바꾸지 않으리라는 것을 나중에 확실히 못 박아 둬야겠다.

저녁 메뉴는 생강 양념이 들어간 돼지고기 볶음과 감자조림이었다. 고기는 물론이고 특히 감자조림이 예전 기억을 떠오르게 했다. 어린 시절, 나는 엄마가 만들어 준 감자조림을 아주 좋아했다. 밖에서 파는 감자조림과 달리, 소금을 조금 더 쳐서 달콤 짭조름해 밥을 많이 먹게 됐다.

저녁 반찬으로 감자조림이 나오는 날에는 식사 시간이 되기 전부터 엄마에게 "한 입만, 한 입만" 하고 졸라서 하나씩 얻어먹기도 했다. 지금 식탁에 올라와 있는 감자조림은 엄마가 만들어 준 것과는 다르다. 모양은 예쁘지만 색깔도 맛도 더 연하다.

"미요, 감자조림 많이 먹어. 좋아했잖아?"

한 입 먹은 후 더는 손대지 않자, 대각선 맞은편에 앉아 있던 아빠가 나를 재촉했다.

"으응."

애매하게 대답하자 이번에는 정면에 앉은 가오루 아줌마가 조금 걱정스럽게 물었다.

"좀 싱거워?"

"아니, 맛있어. 이편이 건강에도 좋지, 뭐. 고급 요릿집에서 먹는 음식 같은걸."

물음에 답한 것은 내가 아니라 아빠다. 아빠는 아줌마가 만든 조림을 우걱우걱 입에 집어넣으면서 호들갑을 떨었다.

"어머, 정말?"

"그럼. 그치, 미요?"

"그런 음식점에 가 본 적이 없습니다아."

　　가슴속 뻥 뚫린 구멍으로 찬바람이 지나가는 기분이었
다. 나는 아무렇지 않은 척, 돼지고기를 입에 넣으며 조금
익살맞게 대답했다.

　　"젊은 사람은 짜고 기름진 고기를 더 좋아한다고요."

　　"살찐다."

　　"히노데가 좀 더 찌는 게 좋다고 했어."

　　입 안의 돼지고기 때문에 발음이 엉망진창이었다. 이
해하든 말든 상관없었지만, 아빠는 그 말을 듣고 눈을 크
게 뜨며 몸을 앞으로 내밀었다.

"히노레? 누구야, 남자 친구야?"

"아빠는 몰라도 돼."

"맞구나! 어떤 놈이야?"

아빠가 '아버지'스러운 얼굴을 하고 나를 추궁한다. 미안하지만 미치게 성가시다. 내가 시치미를 떼자, 아빠는 아줌마까지 끌어들이기 시작했다.

"가오루, 알고 있었어?"

"아, 아니."

"그래? 그럼 조만간 집에 데려와서 셋이 함께 밥이라도 먹는 건 어때?"

"어……."

그 순간, 아줌마의 목소리가 눈에 띄게 얼어붙었다. 내 눈치를 살피며 이쪽을 보는 아줌마의 시선이 느껴졌다. 모르는 척, 나는 아줌마가 만든 감자조림에 손을 뻗었다.

역시 싱거웠다. 그 와중에도 아빠 주연의 '사이좋은 가족 쇼'는 계속되었다.

"이런 건 역시 여자끼리 이야기해야지. 뭐든지 가오루에게 상담하도록 해. 같은 반이냐, 아니면 선배? 걔가 먼저 고백한 거야?"

정작 아줌마는 대화에 끼지 못하고 몸을 굳히고 있을

뿐이었다. 나는 할 수 없이 대답했다.

"남자 친구 아니야."

"부끄러워하지 말고, 엉?"

"그러니까 그런 거 아니라고!"

입에서 나오는 말이라고는 마음에도 없는 빈말뿐이다. 차마 꺼내지 못하고 가슴속으로 가라앉히는 생각은 점점 무게와 냉기를 더해 갔다.

'됐으니까, 상관하지 마. 이 집이 당신들만의 공간인 건 잘 알고 있으니까.'

"그래!"

내 방으로 돌아와서 나는 처음으로 진심을 내뱉었다. 하지만 1층에는 들리지 않을 만큼 목소리를 작게 죽이는 것은 잊지 않았다.

"되도록 빨리 히노데랑 결혼해서 이 집을 나가 버릴 거야!"

나는 문을 잠그고 그 순간을 상상하면서 발레리나처럼 빙글 돌았다.

"그러니까 이 기회를 절대 놓치지 않을 거야."

수상쩍은 가면 장수의 말은 신경 쓰이지만, 이러나저

러나 지금 나에게는 고양이로 변할 수 있는 가면이 있다. 이것을 잘만 사용하면 타로가 아닌 무게로서의 나도 언젠 가 반드시 히노데와…….

"그때 날 주워 줬기 때문만은 아니야."

암고양이에게 타로라고 이름 짓는 센스. 그 이유가 전 에 기르던 애견 이름이었기 때문이라는 고지식함. 타고난 머리는 좋은데도 날마다 노력을 아끼지 않는 모습. 히노 데의 진정한 얼굴을 알게 될수록, 내 안의 '사랑'은 크기를 더해 가고 있다.

그런데 요즘 히노데가 뭔가 고민이 있는 것처럼 보이 는 것이 영 신경 쓰였다. 다음 날 방과 후, 언제나처럼 타 로가 되어 히노데를 찾아가니 히노데는 할아버지의 작업 실에도 가지 않고 자기 방에서 공부하고 있었다.

타로인 내가 방 창문을 앞발로 두드리자, 히노데도 반 갑게 나를 맞아들여 주었다. 나와 놀아 주던 중 히노데가 문득 중얼거렸다.

"좋겠다, 타로는."

그건 요즘 타로인 내 앞에서 히노데가 자주 보이는 얼 굴이었다. 멍한 표정에 멍한 눈빛. 눈동자는 나를 비추고 있지만 그 눈은 어딘가 다른 곳을 보고 있었다. 무언가 걱정거리가 있는 것이 틀림없다.

하지만 그게 무엇인지 나는 모른다. 그 사실이 나를 무척이나 애타게 했다. 알기만 한다면 타로인 내가 아니라, 무게인 나라도 히노데의 힘이 되어 줄 수 있을지도 모르는데. 언제나 그러고 싶은데…….

나는 책상 앞에서 말없이 생각에 잠긴 히노데를 지그시 바라보았다. 히노데는 여전히 멍한 표정이었지만, 이윽고 퍼뜩 현실로 돌아온 듯 눈을 깜박이며 말했다.

"아, 내일 싸 갈 도시락 만들어야지."

"야옹."

나는 무심코 소리를 내고 말았다. 히노데가 직접 만든 도시락이라고?

'먹고 싶다.'

바로 그렇게 생각한 후 반성했다. 조금 전까지 히노데의 힘이 되고 싶다고 생각했으면서. 이래서는 정말 먹이를 쫓아가는 고양이와 다를 바 없다.

기나코의 세계 ②

맑은 하늘 아래 도자기 공방은 고요함에 휩싸여 있다.
물론 이상한 일은 아니다. 정기적으로 토지 관리인이 방
문하고 있기는 하지만, 이제는 쓰이지 않는 건물이다. 평
소에 사람의 발길이 거의 닿지 않는 곳이니 특별한 사건
이 일어나는 게 더 이상했다.

그러나 건물 앞을 지나칠 때, 기나코는 무시할 수 없는
기척을 느꼈다. 마치 정적 속, 차가운 바람이 밀려오는 듯
한 느낌이었다. 기나코의 주변은 여름 오후답게 매미가
시끄럽게 울고 있는데도. 집으로 바로 돌아갈 예정이었지
만 신경이 쓰여 기나코는 공방 뒤편으로 돌아가 보았다.

"할아버지, 있어?"

이 뒤뜰은 얼굴을 아는 늙은 고양이의 둥지였다. 하지

만 그 고양이는 뒤뜰 어디에도 없었다. 주인 없는 토관만
이 고요한 뜰에 놓여 있었다.

"할아버지?"

다시 한번 불러도 돌아오는 대답은 없었다.

"소용없다."

돌연 등 뒤에서 누군가의 목소리가 들렸다. 사람이 아
니다. 기나코와 같은 고양이다. 돌아보자 기나코보다 몸
집이 두 배는 더 큰 얼룩무늬 고양이가 있었다. 이 주변 일
대에 사는 고양이들의 우두머리였다. 기나코가 그 고양이
의 이름을 불렀다.

"얼룩이."

"할아버지라면 이미 숨은 지 오래야."

그건 고양이끼리의 은어였다. 고양이는 대부분 자신의
사체가 남의 눈에, 특히 인간의 눈에 띄는 걸 꺼렸다. 그래
서 돌연한 사고를 당하지 않는 이상, 죽을 때가 된 고양이
는 사람 눈에 띄지 않는 곳으로 모습을 감춘다. 그것을 '숨
는다'고 한다. 여기는 인적 드문 공방이지만, 관리인이 정
기적으로 오기 때문에, 수명이 다해 간다는 것을 깨달은
늙은 고양이는 자신이 죽을 장소를 찾으러 떠난 것이다.
그러니 아마도 이젠 숨을 거뒀을 것이다.

"그렇구나."

기나코는 뒤뜰에 놓인 토관을 멍하니 올려다보았다. 항상 그 위에 늘어져 있던 늙은 고양이가 없으니, 방치된 토관이 한층 더 오래된 물건처럼 퇴색되어 보였다. 풍경은 이렇게 시들어 가는 것일지도 모른다. 언젠가 또 이 장소를 둥지로 삼을 다른 고양이가 나타나겠지. 하지만 이미 이곳은 기나코가 알고 있던 그 장소가 아니었다.

얼룩이가 말했다.

"너에게 전하는 말은 없었다."

"요즘 대장은 유언도 관리해 주는 거야? 의리 있네."

최근 이 부근을 서성이는 하얀 고양이는 얼룩이를 그냥 난폭한 녀석이라고 생각하는 모양이지만 사실은 그렇지 않았다. 애초에 고양이 세계의 룰도 모르고 다른 고양이의 영역을 무단으로 침범한 것은 그 하얀 고양이다. 얼룩이는 그것을 가르쳐 주려고 한 것뿐이다. 이 일대의 고양이들은 얼룩이가 지켜 주는 덕에 침입자가 영역을 어지럽혀도 공포를 느끼지 않고 평화롭게 살 수 있는 것이다.

"다른 고양이들은 몰라도 너는 알고 싶을 거라고 생각했다."

"그거 고맙네요. 하지만 기대도 안 했어. 내가 그 할아버지 딸도 아니고."

기나코가 대답하자, 얼룩이는 헛기침하며 앞발로 자기 얼굴을 문질렀다. 그리고 거꾸로 기나코에게 질문했다.

"할아버지에게 전하고 싶은 말은?"

"없어. 우리는 고양이인걸. 인간처럼 동료의 죽음을 필요 이상으로 애도하지 않아도 돼. 죽은 자에게 남길 말 같은 건 없어."

"과연 그럴까?"

"그래."

이야기를 끝맺은 기나코는 발길을 돌려 토관을 뒤로하고 고요해진 뒤뜰을 가로질렀다. 얼룩이는 잠자코 기나코의 뒷모습을 바라보았다.

집에 돌아와 보니 주인인 가오루가 언제나처럼 웃는 얼굴로 기나코를 반겨 주었다.

"기나코, 왔어?"

"야옹."

"왜 그래? 오자마자 간식부터 달라는 거야?"

계산적이네, 하고 웃으면서 가오루는 기나코를 위한 고양이용 캔을 준비했다. 기나코가 캔을 먹는 사이, 가오루는 부엌 테이블에 기대서 멍하니 허공을 올려다봤다. 가오루의 얼굴에서 서서히 미소가 지워졌다.

그녀는 스마트폰을 손에 들고 있었다. 화면에 누군가의 메시지가 떠올라 있다. 기나코는 인간의 말로 쓰인 그 메시지를 읽을 수 없다. 그렇지만 메시지를 보낸 사람이 누구인지 가오루의 태도로 예상이 갔다. 아마, 미키 뭐라고 하는 인간 여자다. 가오루와 기나코가 이 집으로 이사 오기 전에 이곳에 살았던 여자. 이 집 딸인 미요의 생모인 그 여자는 자기 대신 가오루가 지금 이곳에 살고 있는 것이 마음에 들지 않는 듯, 때때로 가오루에게 시비를 걸었다. 직접 이곳으로 찾아오지 않는다는 점도 비겁했다. 여기에 나타나면 기나코가 자랑하는 날카로운 발톱으로 얼굴을 할퀴어 줄 텐데.

잠시 후 스마트폰을 내려놓고 가오루가 작게 한숨을 쉬었다. 최근 부쩍 한숨이 늘었다고 기나코는 생각했다. 물론 기나코는 이유를 잘 알고 있다. 애초에 가오루의 한숨이 늘어난 것은 기나코와 함께 이 집으로 이사 온 이후부터다.

캔을 다 먹은 기나코는 문득 거실 창문에 비친 자신의 모습을 보았다. 반짝반짝 윤이 나는 갈색 털로 뒤덮인 몸.

불필요한 살은 찾아볼 수 없다. 가오루도 예쁘다 칭찬해주고, 스스로도 근사하다고 생각하는 모습이다. 털이 빠지는 일도 없다.

하지만 잊어서는 안 된다. 언젠가 기나코에게도 '그때'가 찾아온다는 것을. 문득 기나코는 늙은 고양이의 얼굴을 떠올렸다. 토관 위에서 언제나 둥글게 몸을 말고 앉아 있던 검고 늙은 고양이.

이제는 만날 수도, 서로 대화를 나눌 수도 없다. 기나코에게는 망설일 시간이 얼마 남지 않았다.

2 무게, 편지를 쓰다

1

얼마 전까지 학교에서 급식 도입을 논의했다고 한다. 찬반양론으로 나뉘어서 실현되지는 못한 모양이지만.

나는 급식이 좋다. 스스로 도시락을 쌀 만큼 음식 솜씨는 없으니 매점에서 빵을 사 먹거나 아줌마가 만든 도시락을 먹어야 하는데, 빵은 둘째 치고 아줌마가 만들어 주는 도시락은 왠지 꺼려진다. 아줌마도 딸이 아닌 내 도시락을 싸기 위해 아침 일찍 일어나기 싫을 것이다.

아무튼 지금은 점심시간. 나는 또다시 복도를 달리고 있다.

"히노데 일출……."

크게 외치면서 교실 앞에서 몸을 뒤로 돌려, 히노데를 향해 엉덩이를 들이민다.

"공격!"

하지만 이번에는 완벽하게 실패하고 말았다. 복도에서 있던 히노데는 가볍게 내 돌진을 피했다. 목표물을 잃은 나는 그대로 데굴데굴 복도를 굴러 교실 문 앞에 이르러서야 겨우 멈추었다.

찌그러진 개구리처럼 복도에 엎드려 있는 나를, 히노데가 말없이 내려다보았다. 그리고 넘어진 나를 피해 교실 안으로 들어갔다. 키득거리는 이사미가 그 뒤를 따랐다. 건너편에서 반나이와 니보리가 왜 또 저러냐는 표정으로 보았지만 그건 아무래도 좋았다.

"어서 일어나, 무게."

엎드려 있는 내 머리 위에 뭔가 톡 하고 닿는 느낌이 났다. 고개를 들자 요리코의 도시락 통이 보였다. 점심을 먹으러 나온 요리코가 손에 들고 있던 자기 도시락 통을 내 머리 위에 올린 것이다.

"자, 밥 먹자."

"네……."

날씨는 화창했다. 빨려 들어갈 듯 푸른 하늘 여기저기에, 여름답게 새하얀 뭉게구름이 보였다. 볼을 쓰다듬는 바람은 살랑거리는 실바람이었다. 더운 여름이지만 가끔 오늘처럼 견디기 쉬운 날이 하루 이틀씩 있다.

나와 요리코는 교실이나 뜰이 아닌, 옆 건물 옥상에서 밥을 먹기로 했다.

요리코가 도시락 통을 흔들며 말했다.

"오늘 도시락은 아빠가 싸 줬어."

요리코의 말에 나는 가볍게 웃었다.

"오, 그럼 또 왕주먹밥이겠네."

"맞아."

건물 사이는 통로로 연결되어 있다. 1층과 2층은 철근 콘크리트 벽과 지붕으로 둘러싸여 있지만 2층 한쪽은 그대로 노출된 통로다. 우리는 그 통로를 따라 옆 건물로 걸어갔다.

"좋겠다. 왕주먹밥이라니."

"좋아? 입을 잔뜩 벌려야 먹을 수 있고 김도 끈적끈적, 흐물흐물하다고."

나와 요리코가 대화를 나누며 천천히 걸어가는데, 어디선가 익숙한 목소리가 들렸다.

"무게, 난폭하고 성가시지 않아?"

"하하."

"그 녀석 왜 최근에 히노데한테 들러붙는 거야?"

"몰라."

"히노데, 히노데, 거리는 거 시끄러워 죽겠어."

"히노데도 안됐지, 뭐. 무게한테 찍히다니."

"맞아, 맞아."

목소리는 아래층에서 들렸다. 난간에서 얼굴을 내밀어 보니, 통로 아래 작은 공터에서 점심을 먹는 반나이와 니보리가 보였다. 둘은 매점에서 산 듯한 빵을 한 손에 들고 내 뒷담화에 열을 올리고 있었다.

"뭐야, 쟤들."

울컥했는지 요리코가 입을 삐죽 내밀었다. 그러나 정작 당사자인 나는 재빨리 고개를 당기고 등을 돌렸다.

"뭐라고 한마디 해 주자, 무게."

초등학생 때부터 무한 게이지 수수께끼 인간이라는 별명으로 살아온 나다. 저 정도 험담 따위 익숙해진 지 오래다. 한 방 먹일 힘이 부족할 뿐이다. 그냥 휘파람을 불면서 그 장소를 벗어나려던 찰나, 이번에야말로 흘려들을 수 없는 말이 귀에 꽂혔다.

"히노데도 최근에 왠지 기분 나쁘지 않아?"

"그래?"

"좀 거만해졌달까."

"엥?"

"갑자기 성적이 올랐잖아. 그거 이상하지 않아? 분명 커닝한 거라고, 커닝. 그 자식 초등학교 때 나하고 별 차이 없었다니까?"

저 녀석들 완전히 선을 넘었다.

"어? 무게?"

나는 다시 난간에 가까이 다가섰다. 정확히 말하면 도시락을 든 채로 난간 위에 기어 올라갔다.

"잠깐…… 무게! 뭐 하는 거야?"

요리코가 깜짝 놀라 눈을 동그랗게 뜨고 목소리를 높였다.

"그만둬, 무게! 진정해, 응? 누가 좀 말려 줘!"

하지만 피가 거꾸로 솟아 눈앞이 하얗게 될 만큼 분노한 나는, 요리코의 말조차 귀에 들어오지 않았다. 난간 위에 불안정하게 올라서서 다리에 힘을 주고 일어나, 발아래 멍청이들을 향해 크게 소리 질렀다.

"지금 히노데에 대해 한 말, 당장 취소해!"

지나가던 학생들도 이쪽을 주목하기 시작했다. 당연했다. 2층 높이라면 몰라도, 지금 내가 서 있는 난간은 실질적으로 3층 높이에 가깝다. 반나이와 니보리는 진작부터 얼빠진 표정으로 나를 올려다보고 있었다.

나는 아직 할 말을 다 하지 못했다. 두 사람을 노려보며 발밑의 난간을 지지대 삼아 몸을 날렸다. 등 뒤에서 요리코의 비명이 들리고, 몸이 허공을 나는 느낌이 들었다. 고양이 타로가 되었을 때 자주 느꼈던 감각이었다. 그러나 지금 나는 타로가 아니다. 고양이어도 위험한 높이인데 하물며 사람인 지금은 다칠 게 분명했다. 다행히 아래에 푸릇푸릇한 잎으로 무성한 덤불이 있었다. 타로일 때 감각을 살려 그곳에 착지한다면 괜찮을 것 같았다. 하지만 상상이 실현되기는 어려운 법이다.

"어어?"

나는 그대로 무성한 덤불 속으로 빨려 들어갔다.

"무게!"

"으아악!"

요리코, 반나이와 니보리를 시작으로 주위 학생들도 비명 비슷한 소리를 질렀다.

그사이에 나는 땅에 떨어졌다. 타로처럼 착지하진 못했지만 나뭇가지와 잎이 쿠션 역할을 해 준 덕에 뛰어내린 높이에 비해 충격은 적은 편이었다. 그렇지만 정말이지 미친 짓이었다는 것에는 두말할 여지가 없었다. 정신을 차려 보니 부러진 나뭇가지와 잎사귀가 몸에 잔뜩 붙어 있었다.

"으으윽."

고양이처럼 아래로 했던 발바닥과 손바닥에서 찌릿한 통증이 올라왔다.

"역시 고양이가 아니면 힘들구나."

덤으로 쿠션이 되어 준 덤불은 딱 그만큼의 대가를 내 몸에서 가져갔다.

"꺅! 피야, 피가 나!"

오른쪽 정강이에서 피가 흘렀다. 아마 나뭇가지에 쓸린 것 같았다. 큰 상처는 아니었다. 조금 베인 것뿐이다. 이 정도로 끝나서 다행이라고 해야 할지, 운이 나빴다고 해야 할지. 분명 전자겠지만. 게다가 도시락 가방은 떨어질 때 손에서 놓쳐, 저쪽 구석에 처박힌 채 내용물이 흩뿌려져 있었다.

"으응."

아픔을 참고 나는 어찌어찌 몸을 일으켰다. 눈앞에는 얼굴이 새파랗게 질린 반나이와 니보리가 서 있었다. 아무래도 두 사람 다 내가 떨어지는 순간 망연자실한 모양이었다.

내가 일어서자 정신이 든 듯 반나이와 니보리가 큰 소리로 외쳤다.

"뭐 하는 짓이야!"

"너, 너, 미쳤어?"

나는 지지 않고 되받아쳤다.

"미친 건 너희겠지!"

"뭐라고?"

"히노데는 언제나…… 아야. 항상 노력하고 있다고! 아무것도 모르면서 함부로 말하지 마!"

3층 높이에서 뛰어내린다는, 말도 안 되는 사고를 쳤는데도 차분해지기는커녕 감정은 전혀 통제되지 않았다. 엉망이 되어 버린 머릿속이 온 힘을 다해 분노하라는 신호를 보냈다.

휘청거리는 걸음으로 반나이와 니보리에게 다가가서 추궁하려 했던 그때, 절대 무시할 수 없는 목소리가 등 뒤에서 들려왔다.

"무게! 괜찮아?"

몸이 딱 굳었다. 상처 입은 다리의 통증도 완전히 사라졌다. 나는 천천히 뒤를 돌아보았다.

"괜찮아."

나도 똑같은 말을 중얼거리고, 그 반짝반짝 빛나는 보물 같고 달콤한 울림에 빠져 목소리의 주인공을 눈에 담았다.

그곳에 있는 것은 물론 히노데였다.

실내화를 신은 채로 교실에서 중정까지 나오다니…….
그 말은 곧, 신발을 갈아 신을 새도 없이 서둘러서 달려 나왔다는 뜻이다.

"야, 가자."

"으응."

반나이와 니보리, 두 멍청이는 도망치듯 그 자리를 떠났다. 하지만 그런 건 이제 아무래도 좋았다.

"후우."

나는 마음속 환희를 뜨거운 숨으로 내뱉었다. 조금 전까지 가득했던 분노는 이미 완전히 사라진 후였다. 오히려 지금은 다른 감정으로 머리가 꽉 찼다.

"괜찮아, 진짜 괜찮아. 걱정해 줬구나."

세계가 천천히 바뀐다. 요리코와 히노데를 뺀 모든 사람이 전부 허수아비로 보이는 세계다. 히노데가 허수아비 사이를 지나 이쪽으로 가까이 다가왔다.

히노데는 내 정강이의 상처를 보더니 말했다.

"우선 양호실로 가자."

"아…… 이거 진짜 별거 아닌데."

"가자고."

히노데가 내 손을 잡았다!

믿기지 않지만 진짜로 히노데가 내 손을 잡았다! 타로가 아닌 무게로서는 처음이었다.

"응."

꿈꾸는 기분으로 고개를 끄덕였다. 나를 끌어당겨 학교 건물 안쪽으로 향하던 히노데가 문득 멈춰 섰다.

"히노데, 왜 그래?"

히노데가 바라보는 것은 내용물이 쏟아진 내 도시락통이었다. 작게 한숨을 쉬고 손을 놓은 히노데는, 땅에 어지럽게 흩어진 내용물을 치우기 시작했다.

나는 당황해서 말했다.

"아, 아니야. 됐어, 내가 치울게."

그러자 히노데가 어쩐지 부드러운 목소리로 말했다.

"내 도시락, 절반 나눠 줄게."

"뭐어어, 진짜로?"

나는 거의 기절하기 직전이었다.

옥상에서 보는 하늘은 지금 내 마음처럼 화창했다.

히노데가 도시락 통 뚜껑을 열었다.

"자."

나는 무심코 환성을 질렀다.

"오오, 감자조림이다!"

히노데의 도시락은 전체적으로 가정식 느낌이었다. 잘 말린 달걀말이에 시금치 무침, 톳나물 조림 그리고 감자 조림이 정갈하게 담겨 있었다. 반찬 색이 좀 진한 것을 보니, 타로였을 때 먹어 본 닭 가슴살에 비하면 강하게 양념을 한 것 같았다. 설마 히노데의 본래 요리 스타일은 이런 걸까?

"이런 거 잘 만드나 봐."

이사미가 도시락을 들여다보며 감탄했다. 요리코도 히노데에게 물었다.

"전부 네가 만든 거야?"

"그래."

"대단하다. 우리 아빠도 좀 배웠으면 좋겠네."

옥상에는 우리처럼 점심을 먹는 학생이 몇 명 더 있었다. 오늘은 날이 시원해서 교실이 아닌 밖에서 먹고 싶다고 비슷하게 생각한 모양이다.

낙하 방지용 철망으로 둘러싸인 옥상 이곳저곳에는 벤치가 놓여 있었다. 우리 넷은 구석진 벤치에 나란히 앉아 각자 도시락을 꺼냈다. 각자라고 해도 내 도시락은 이제 없지만.

아까 히노데에게 끌려간 양호실에서 요리코와 양호 선생님에게 무척 혼이 났다. 특히 요리코가 엄청나게 걱정했다. 그러나 요리코에게 미안한 말이지만 내 마음은 장밋빛으로 물든 상태였다. 히노데와 함께 도시락을 먹는다니! 아무리 혼나도 올라가는 입꼬리는 숨길 수가 없었다. 요리코도 지금 내게 무슨 말을 해도 소용없다는 사실을 알았는지, 마지막에는 질렸다는 듯 내 머리를 한 번 때리고 용서해 주었다.

"이 색, 이 윤기. 음, 짜겠는걸."

히노데에게 빌린 젓가락으로 감자조림을 잡아 입으로 옮겼다. 히노데가 눈썹을 구겼다.

"토 달지 말고 먹어."

"엄청 칭찬하고 있는 거야. 앗, 엄마가 만든 거랑 비슷한 맛이다."

감자와 행복을 우물거리면서 말하자, 히노데의 눈썹이 원래대로 돌아왔다.

그리고 조금 진지한 표정으로 히노데가 말했다.

"그 자식들이 뭐라 하든 그냥 내버려 둬."

그 자식들이란 당연히 반나이와 니보리를 말하는 것일 테다. 아빠의 특제 왕주먹밥을 먹던 요리코는 "맞아, 맞아" 하고 히노데의 말에 맞장구쳤다.

나는 부지런히 감자조림을 입에 넣으며 말했다.

"으음! 역시 감자조림이 최고야, 진짜!"

나는 젓가락을 놓고 벌떡 일어나서 지금까지 앉아 있

던 벤치에 발을 올렸다.

"이봐."

"무게, 잠깐만."

벤치 바로 뒤에는 옥상 전체를 둘러싸는 철망이 있었
다. 놀란 목소리로 말하는 히노데와 요리코 앞에서, 나는
성큼성큼 철망을 올랐다. 철망 사이로 얼굴을 내밀고 전
세계 사람들에게 알리겠다는 생각으로 목청껏 외쳤다.

"히노데의 감자조림은 짭조름하다아아아!"

주변 일대에 내 외침이 메아리쳤다. 그리고 수 초간 정
적이 흘렀다.

"풋."

갑자기 웃은 것은 히노데 옆에 있던 이사미였다. 이사
미는 못 참겠다는 듯 박장대소했다.

"하하! 맛있다고 해야 되는 거 아냐? 아하하!"

히노데의 얼빠진 목소리가 이어졌다.

"뭐야, 짜다니."

"아, 그렇네."

철망에 달라붙은 채로 고개를 끄덕인 나는 다시 바깥
쪽으로 얼굴을 돌렸다.

"히노데가 만든 감자조림은……."

"그만둬! 정정하지 말라고!"

"진짜로?"

이사미가 데굴데굴 구를 기세로 웃으며 말했다.

"으하하! 무게, 밥도 먹어 봐. 밥도 짤지 모르잖아!"

그러자 히노데의 표정도 변했다. 입가가 허물어지고, 웃고 있는 이사미의 어깨를 자기 어깨로 밀었다.

"시끄러워."

"아니, 그러니까 말야……. 하하!"

"후후."

아, 히노데가 웃었다.

아까 손을 잡혔을 때처럼, 무게로는 처음 하는 경험이었다. 타로로 변신했을 때 히노데를 웃게 하는 것은 그리 어렵지 않았다. 실제로 지금처럼 밝게 웃는 얼굴을 몇 번이나 본 적 있었다. 하지만 사람인 내가 그를 웃게 한 것은 정말이지 처음이었다. 이 사실은 내게 무엇보다도 소중하게 다가왔다. 타로가 아닌 무게라도 히노데를 활짝 웃게 할 수 있다는 것을 알았으니까.

웃음을 멈춘 히노데가 벤치에서 일어나며 말했다.

"앞으로는 무모하게 행동하지 마. 사람이 고양이도 아니고."

나는 들뜬 마음으로 철망에서 뛰어내렸다.

"얍! 짜잔."

바닥에 착지해 포즈를 취하고 히노데 쪽을 돌아보자, 히노데가 알 수 없는 표정으로 눈을 깜박이고 있었다. 나는 벤치 위에 펼쳐진 히노데의 도시락 쪽으로 다시 젓가락을 뻗었다.

"자, 히노데도 더 먹어."

"아니, 애초에 그거 내 도시락이잖아."

2

그날 집에 돌아갈 때까지 내 기분은 하늘 꼭대기에서 내려오지 않았다.

"히노데 일출…… 공격!"

갈림길에서 요리코와 헤어지면 무게에서 사사키 미요로 돌아오던 평상시와 달랐다. 하늘 높이 가방을 던지고 오르막길을 달려 떨어지는 가방을 받아들었다.

"어이쿠."

몇 번이나 반복하면서 집에 도착했을 때였다.

"응? 열려 있네."

늦은 밤, 잠이 들면 찾아오는 재앙
꿈속에 갇혀버린 이들을 구해야 한다!

악몽 면역자   조혜린 장편소설

잠든 인간을 노리는 정체불명의 벌레 '드림버그'. 조안은 할머니와 동생이 드림버그에 공격당할까 불안해한다. 그러던 어느 날, 불길한 예감은 곧 현실이 되고 조안은 혼자 남겨진다. 두 사람이 드림버그에게 물려 악몽에 갇혀버렸기 때문. 결국 조안은 두 사람이 격리된 치료센터 '루나'에 홀로 침입하기 위해 자신이 미끼가 되어 드림버그를 유인한다. 그러나 조안과 마주친 드림버그는 알 수 없는 행동을 보이는데……. 과연 조안은 가족을 구할 수 있을까?

. 누군가
ㄹ 수 있다는
린다!

너의 이야기를 먹어 줄게

명소정 장편소설

잊고 싶은 기억을 지울 수 있다면? 이야기를 먹는 괴물 혜성과 평범한 여학생 세월의 고민 상담 일지.

내 첫사랑은 가상 아이돌

윤여경 장편소설

가상 아이돌 은우와 사랑에 빠진 아리. 하지만 은우와 똑같이 생긴 '휘'가 찾아오면서 모든 것이 뒤바뀐다.

제로 럭키 소녀, 세상을 바꿔줘

나나미 마치 장편소설 • 고마가타 그림 • 박지현 옮김

타인의 '불행'한 미래만 볼 수 있는 제로 럭키 소녀와 운명을 바꾸는 소년이 펼치는 운명과의 정면 승부!

인어는 너를 보았다

김민경 장편소설

인어를 사랑한 소녀, 인어 사냥꾼의 몸으로 깨어나다! 십대 작가가 직접 전하는 소녀들의 이야기.

레플리카 1, 2

한정영 장편소설

선택받은 상류층만의 도시에서 복제 인간을 사냥하는 서바이벌 게임이 펼쳐진다. 긴박감 넘치는 예측 불가 SF 모험 소설!

감염인간, 낸즈

문상온 장편소설

바이러스와 감염을 이용해 사회에 군림하는 상류층의 횡포에 맞서는 소년의 사투. 전에 볼 수 없던 색다른 아포칼립스 서사!

DMZ 천사의 별 1, 2

박미연 장편소설

대가뭄의 시대, 유일하게 숲이 존재하는 DMZ에서 숨 막히는 생존 게임이 펼쳐진다! 잠시도 눈을 뗄 수 없는 서바이벌 판타지.

화월 고서점 요괴 수사록

제리안 장편소설

이토록 환한 밤에 요괴가 너무 많다! 백 년에 한 번 태어나는 운명의 소녀 서지유와 사방신의 유쾌한 요괴 소탕기.

울고 싶은 나는 고양이 가면을 쓴다

이와사 마모루 장편소설 • 에이치 그림 • 박지현 옮김

가면을 쓰면 고양이로 변하는 사사키 미요는 짝사랑하는 남학생에게 고양이가 아닌 자신으로서 사랑받고 싶다. 미요의 선택은 자신을 향할 수 있을까?

바람의 신으로 레벨 업

나쓰미 장편소설 • 소노무라 그림 • 이소담 옮김

입학 전, 아빠가 전한 충격적인 소식. "너는 바람을 일으키는 마법 학교에 갈 거다." 내가? 난 평범한 인간일 뿐인데?

비밀 동아리 컨트롤제트

임하곤 장편소설

열 살 이후로 성장이 멈춘 여름은 언니가 죽은 학교에 입학한다. 성장보다 성적이 중요한 학교에서 벌어지는 비밀스러운 동아리 활동.

너의 이야기를 먹어 줄게 2

명소정 장편소설

자살을 시도하는 남학생 앞에 또 다른 괴물이 찾아온다. 아직 완전하지 않다는 점에서 서로를 닮은 청소년과 괴물의 끈끈한 유대, 그 두 번째 기록.

스스로 블랙홀에 뛰어든 사나이

김달영 소설

블랙홀에 빨려 들어간 우주선, 거울 반전된 인간, 공중에 떠 있는 이슬람 건물까지…… SF 과학 교양, 그 이상의 이야기가 눈앞에 펼쳐진다.

도깨비의 심장

종란 장편소설

도깨비는 인간의 간절한 염원을 먹고 태어난다. 인간 세상에 숨어 있는 도깨비들을 찾는 사냥꾼 치욱은 자신처럼 도깨비를 찾고 있는 '술의'를 만나 도깨비에 얽힌 진실을 알게 되는데…….

정원의 계시록

박에스더 장편소설

산이 모든 것을 지배하는 도시에 이주한 사유. 혼수상태에 빠진 동생을 구하기 위해 전능하신 산의 기괴한 실체를 밝혀라!

우리의 버전으로 만나

범유진 장편소설

가상 현실 게임 '리얼월드'를 배경으로 하는 SF 옴니버스 소설. 현실과 가상의 경계가 희미해진 세계에서 고민하는 아이들과 버추얼 휴먼의 교감을 담은 이야기.

심장이 뛰지 않는 소년을 사랑하면

허달립 장편소설

하나의 이름을 가진 두 명의 소년. 그리고 소년의 진실을 알게 된 소녀의 매혹적인 만남. 시공간을 초월한 하이틴 뱀파이어 로맨스.

퀘스트, 나이트메어

제리안 장편소설

악몽에 시달리던 세 소년이 우연히 '공유 자각몽'을 꾼다. 의 악몽을 지워주면 끔찍한 자신의 악몽에서도 벗어날 데……. 트라우마에서 벗어나지 못하면 악몽은 계속 현관문이 잠겨 있지 않았다. 이상하네. 거실에는 불이 켜 있지 않았는데. 뭐, 하지만 열려 있는 걸 보니 아줌마가 있나 보지.

집으로 들어가면서 나는 기분을 억누르려고 노력했다. 이대로라면 곧 콧노래라도 흥얼거릴 것 같았기 때문이다. 너무 들떠 있으면 아줌마가 눈치챌 것이 분명했다.

"아, 어서 오렴."

거실 문을 여니 역시나 아줌마가 인사해 왔다. 집에 있는데도 거실 불을 꺼둔 것이 이상하긴 했지만, 특별히 신경 쓰지 않기로 했다. 점심때니 계속 불을 켜 둘 필요도 없겠지. 무엇보다 지금 그딴 건 아무래도 좋았다.

"다녀왔습니다."

내 오른쪽 다리를 본 아줌마가 눈을 크게 뜨며 말했다.

"어머, 미요. 다리 다쳤니?"

"아, 이거요."

통로에서 뛰어내렸을 때 다친 오른쪽 다리에 양호 선생님이 감아 준 붕대가 눈에 들어왔다.

"조금요. 이제 안 아파요."

"하지만……."

"진짜 괜찮아요. 아, 도시락 꺼내 놓을게요."

"그래."

가방에서 도시락 통을 꺼내 언제나처럼 싱크대 옆에 놓았다. 땅에 흩어졌던 내용물을 모두 쓰레기통에 버린 것은 비밀이다. 저녁밥 준비가 한창이었는지, 조리대 위에는 썰다 만 재료가 늘어서 있었다.

싱크대에서 손을 씻으며 말했다.

"어, 양파네요. 그럼 오늘은 카레인가요, 아니면 고기 감자조림?"

"미요, 뭐 좋은 일이라도 있었니?"

아차.

"아뇨, 전혀. 그런 일 없었어요."

나는 딱 잘라 대답하고 재빨리 1층을 벗어났다. 아줌마 에겐 미안하지만, 지금 내 기분은 이 집 누구와도 나누고 싶지 않았다. 나누게 되면 반짝반짝 빛나는 보석과도 같은 빛이 틀림없이 사라져 버릴 것이다.

그건 싫다. 아직 뭔가 말하고 싶은 듯한 아줌마를 뒤로 하고 부엌을 나왔다.

"후후."

통통 기운차게 계단을 올라 내 방으로 갔다.

안에 들어가자마자 가방을 집어 던지고, 2층 침대 아래

에 있는 공간을 향해 수영장으로 다이빙하듯 힘차게 뛰어
들었다.

'괜찮아?'

머릿속에서 히노데의 목소리가 몇 번이고 되풀이되어
울리는 기분이 들었다. 아니, 머릿속뿐이 아니다.

"괜찮아? **꺄아아아아!**"

히노데의 말투를 흉내 내 말하며 양다리를 파닥거렸
다. 마구 웃고 싶은 충동이 속에서 올라오는 것을 참을 수
가 없었다. 하지만 너무 큰 소리를 내면 1층에 있는 아줌
마에게 들킬 것이다. 그러니까 나는 2층 침대 아래에 있는
공간을 가려 주는 커튼 뒤에 숨어 계속해서 웃었다.

"아아, 히노데……. 아하하."

오늘을 '○○ 기념일'이라고 부를 만한 사건이 얼마나
많이 일어났는지 모른다.

히노데가 내 걱정을 해 줬다.

히노데가 내 손을 잡았다.

히노데가 도시락을 나눠 주었다.

히노데가 눈앞에서 웃어 주었다…….

한 가지만으로도 마음속 달력에 활짝 핀 꽃 모양 스
티커를 붙여 기념할 만한데 네 개나 된다니. 너무나 행

복해서 온몸의 근육이 경련할 것만 같았다. 하지만 그래도……. 문득 발길질을 멈췄다. 인간의 욕심은 끝이 없다는 말이 진짜인가 보다.

커튼 속에서 머리를 내밀고 중얼거렸다.

"큰일 났다. 웃는 얼굴이 다시 보고 싶어졌어."

이런 나의 끝없는 소원을, 고양이 가면이 이뤄 준다.

타로가 되어 히노데의 집에 가 보니, 방에 히노데가 없었다. 할아버지 공방 쪽에도 없다. 아직 학교에서 오지 않았나. 내가 히노데의 방 밖에서 고개를 갸웃거렸을 때, 부엌 쪽에서 히노데의 목소리가 들렸다.

"그런 얘기 없었잖아!"

처음 듣는 히노데의 큰 소리였다. 심지어 말끝이 떨리고 있었다. 나는 당황해서 소리가 나는 쪽으로 달려갔다.

창밖에서 안쪽을 살폈다. 히노데의 집 부엌은 거실 옆에 있었고, 거실에는 히노데의 할아버지가 있었다. 공방에서 보던 때의 작업복이 아닌, 평상복을 입은 모습이었다. 그리고 부엌에는 히노데와 히노데의 어머니가 있었다. 히노데의 엄마는 가계부인지, 할아버지 공방의 장부인지 모를 노트에 무언가를 적고 있었다. 히노데는 그런 엄마와 말다툼을 하는 것 같았다.

노트에서 시선을 돌리지도 않고, 히노데의 엄마가 말했다.

"할 수 없잖니. 이 공방을 유지하는 것만으로도 꽤나 돈이 드니까. 이대로라면 사카구치 씨에게 월급도 줄 수 없게 될 거야."

"하지만 아직 할아버지는……."

거실에서 천천히 차를 마시던 할아버지가 끼어들었다.

"떼쓰지 말거라. 이젠 시력도 많이 약해졌고. 더 노력하고 싶긴 했다만."

"할아버지, 진짜야? 진짜로 공방, 닫는 거야?"

"미안하구나, 겐토."

그 한마디에 히노데도 입을 다물었다.

히노데의 엄마가 종지부를 찍듯이 노트에서 얼굴을 들지 않고 말했다.

"너는 학교 공부에 집중해."

할아버지는 찻잔을 테이블 위에 놓고 언제나처럼 온화한 표정으로 히노데를 보았다.

"만들고 싶은 작품이 있다면 빨리 마무리하거라."

히노데는 마지막까지 '네'라고도 '아뇨'라고도 대답하

지 않았다.

히노데는 입을 굳게 다문 채로 바닥을 보며 자기 방으로 돌아갔다. 내가 집 밖을 돌아 히노데 방의 창문으로 다시 갔을 때, 히노데는 침대 위에 엎드려 있었다. 해가 저물어 어두워질 때까지 히노데는 꼼짝도 하지 않았다.

그리고 나는 그런 히노데와 얼굴을 마주할 수 없었다.

마을이 어둠에 휩싸이기 시작했다. 집마다 하나둘 들어온 빛은 따뜻했지만, 어딘가 쓸쓸한 느낌이 났다. 가늘고 길게 선 전신주의 그림자는 하늘이 점점 어두워짐에 따라 서서히 윤곽을 잃어 갔다.

그 무렵 나는 여전히 타로인 상태로, 차만 몇 대 지나갈 뿐 사람은 다니지 않는 오르막길을 터덜터덜 걸어가고 있었다. 최근 히노데에게 고민이 있다는 것은 눈치채고 있었는데, 원인이 공방이었다는 점은 지금에서야 알았다.

히노데는 무심해 보여도 꽤 완고한 성격이다. 심지가 굳다고 할 수도 있다. 그런 점을 좋아하지만, 바로 그 점 때문에 아까 히노데의 모습에 충격받았다. 히노데가 그렇게까지 침울해진 모습을 본 것이 처음이었기 때문이다.

그리고 그런 히노데를 앞에 두고, 나는 아무것도 할 수 없었다. 타로가 되어 집을 나왔을 때의 흥분은 이제 티끌만큼도 남아 있지 않았다. 스스로가 하찮게 느껴지고 분했다. 몇 분 전까지 들떠 있던 내 머리를 쥐어뜯고 싶은 심정이었다.

집에 돌아와서도 기분은 가라앉아 있었다.

"탕수육 맛있네."

부엌에서 가오루 아줌마가 만든 탕수육을 먹고 무심결에 툭 감상을 던졌다. 아줌마가 놀란 듯이 나를 보았다.

"어머, 정말?"

"그치?"

아빠가 기분 좋게 웃으면서 동의했다. 아마 내가 아줌마가 만든 요리를 칭찬했다는 사실이 기분 좋은 거겠지. 아빠는 바로 단란한 가족놀이를 시작하려고 했다.

"역시 탕수육은 양파가 생명이지. 오늘은 양념도 잘 뺐고."

내 기분은 점점 바닥으로 치달았다. 그래, 이 탕수육은 정말로 맛있다. 가오루 아줌마는 요리 교실 강사였던 사람으로, 요리 솜씨가 프로급이다. 하지만 정식으로 배워 영양을 신경 써서 그런지, 내가 선호하는 맛보다는 싱거웠다. 특히 우리 집에 온 지 얼마 되지 않았을 때는 더 그랬다.

하지만 최근에는 내 입맛에 맞춰 주는 건지 양념이 강해지기 시작했다. 그중에서도 오늘 탕수육은 그야말로 최고였다. 윤기 흐르는 소스는 새콤하고 짠맛이 절묘하게 섞여 들어, 양파의 단맛과 돼지고기의 감칠맛을 최대로 끌어냈다.

그것이 나를 더더욱 침울하게 만들었다. 엄마가 나간 뒤, 지금 이 집에 있는 것은 전부 좋아하고 싶지 않은데.

한 입 더 먹고 나서 작은 목소리로 중얼거렸다.

"왜 맛있는 거야."

아줌마는 아빠만큼 내 말을 솔직하게 받아들이지는 않았는지, 망설이는 듯하다가 말했다.

"마음에 들어서 다행이네."

나는 대꾸하는 대신 초조함을 없애려고 계속해서 탕수육을 입에 넣었다.

식사를 마치자마자 내 방에 돌아와 2층 침대 아래쪽 공간으로 몸을 던졌다. 커튼으로 가려진 이곳은 이 집 안에서 유일하게 내가 진심을 자유롭게 이야기할 수 있는 공간이다. 조금 큰 소리를 내도 커튼 덕분에 방 밖으로 소리가 새어 나갈 염려가 없다. 뭔가 털어놓고 싶은 것이 있을 때, 아빠나 가오루 아줌마의 간섭을 받지 않고 내 마음에만 집중하고 싶을 때, 나는 이 안에 틀어박힌다. 진정한 의미의 내 방이라고 할 수 있는 장소다.

어두컴컴한 침대 아래에서 나는 작게 중얼거렸다.

"히노데, 괴로워 보였지. 무게도 타로도 아무 힘이 되어 주지 못하는데…… 탕수육은 왜 맛있고 난리야, 짜증 나게."

마지막 말은 여기에서만 할 수 있는 말이다. 아빠나 아줌마 앞에서 입에 올리면 지금까지 이래저래 잘 타협해 왔던 집안의 평화가 무너진다. 그러니까 나도 바깥에서는 입을 다문다. 웃음으로 무마하고, 마음에도 없는 겉핥기식 대화를 이어 나간다. 하지만 지금은 그것이 정말 이루 말할 수 없을 정도로 성가셨다. 침울한 기분이 더 바닥으로 가라앉았다.

고양이 가면을 꺼내 손에 쥐어 보았다.

'한 번 더 히노데 집에 가 볼까?'

확실히 이런 기분으로는 잠도 잘 올 것 같지 않았다. 늦은 밤, 몰래 밖으로 나가는 것은 아빠나 가오루 아줌마에게 들킬 위험이 크지만. 그래, 히노데에게 가자.

저녁때와 달리 히노데는 할아버지의 공방에서 물레를 돌리고 있었다. 조금이나마 기분이 나아진 것인지 아닌지, 유감스럽게도 나는 판단할 수 없었다. 나는 머리와 앞발을 이용해 공방의 여닫이문을 어찌어찌 열었다.

끼익하고 문이 움직이는 소리로 내가 온 것을 눈치챘는지 열심히 물레를 돌리던 히노데가 고개를 들었다.

"타로."

히노데는 내 이름을 부르고는 입가를 허물어뜨렸다. 평소보다 기운 없어 보이기는 했지만 다행히 아까만큼 침울하지는 않아 보였다.

"야옹."

나는 히노데의 발치에 다가가 울면서 얼굴을 비볐다.

"혹시 좀 전에도 왔다 갔니?"

"야옹."

"알았어, 알았어. 조금만 기다려."

물레를 멈춘 후 히노데는 공방 화장실로 향했다.

손을 씻고 돌아온 히노데는 나를 안아 들고 창문을 열었다. 점토 냄새가 꽉 찼던 공방에, 서늘한 밤바람이 밀려들어 왔다.

히노데는 나를 안은 채로 창틀에 걸터앉았다. 창밖을

보니 하늘에 별이 반짝이고 있었다. 깊은 바다에 무수한 진주를 뿌려 놓은 것 같은 별의 바다였다. 히노데는 빨려 들어갈 듯한 하늘을 바라보다가 후, 하고 크게 한숨을 쉬고는 안겨 있는 나를 내려다보았다.

"어? 너 다쳤어?"

"야옹!"

히노데가 보고 있는 것은 내 오른쪽 다리였다. 낮에 무게였을 때 입은 상처는 타로가 되어서도 남아 있었다. 그건 괜찮지만 히노데가 내 오른쪽 다리를 손으로 당겨 상처 부위를 자세히 살폈기 때문에 나도 곤란해지기 시작했다. 확실히 지금 나는 고양이다. 하지만 이 자세는 왠지 부끄럽다. 게다가 상대는 히노데고.

"괜찮아?"

점심때도 들었던 말이었다. '괜찮아?' 하고 걱정해 주는 말. 나는 무심코 부끄러움도 잊고 환성을 질렀다. 몇 번을 들어도 기쁘다. 하지만 이어지는 히노데의 말에 나는 크게 놀라고 말았다.

"그 녀석하고 같은 곳이네."

'그 녀석?'

그게 다름 아닌 바로 나라는 것을 눈치채기까지 몇 초

가 필요했다. 그도 그럴 것이, 타로로 있을 때 히노데 입에서 내 이야기를 듣는 것은 처음이었기 때문이다.

히노데는 왠지 먼 곳을 보는 듯한 눈으로 내 상처 난 다리를 바라봤다. 밤바람이 조금 강해졌다. 히노데의 검은 머리가 사락거리며 바람에 흔들렸다. 히노데는 다시 별의 바다를 올려다보며 툭 내뱉었다.

"그 녀석처럼 생각을 확실히 말할 수 있으면 좋을 텐데. 도예 공부를 계속하고 싶다고 말할 수 없었어."

나는 흠칫 놀랐다.

"공방 경영이 힘든 건 알고 있지만, 내가 장래 어떻게든 해 보겠다고 말할 자신이 없어서 아무 말도 못 했어."

히노데의 눈이 별의 바다에서 공방 안쪽으로 옮겨 갔다. 조용한 작업실 안에는 완성된 그릇과 점토로 형태를 만들기만 하고 굽지는 않은 미완성 접시나 찻주전자 등이 늘어서 있었다. 그리고 저마다 크기가 다른 물레와 기계가 있었다. 초보자 눈에도 최신 기계는 없어 보였다. 하지만 한눈에 봐도 잘 손질되어 있었다. 공방 주인인 할아버지의 성실한 성격과 장인으로서의 고집이 배어나 있는 것 같았다.

"할아버지는 정말 대단해. 그냥 흙덩이에 여러 가지 모양이나 색깔을 내서 새로운 물건을 탄생시키니까. 어렸을 때부터 동경했어. 그런데도 말하지 못했어."

히노데는 되풀이해서 말했다.

"그 녀석이라면, 무게였다면 아마……."

나는 몸을 앞으로 내밀었다. 아니야, 히노데. 하고 싶은 말을 못 하는 것은 나도 똑같아. 집안일이나 아빠와 가오루 아줌마의 일도. 아니, 그것뿐만이 아니다. 히노데에 대한 일도 그렇다.

정말로 소중한 히노데에게 하고 싶은 중요한 말은 정작 하나도 이야기할 수 없었다.

'히노데는 멋진 사람이야. 나는 세상이 망해 버렸으면 좋겠다고 매일매일 빌었던 적도 있어. 하지만 히노데를 만난 뒤, 이 세상에도 좋아질 만한 것이 있다고 생각했어. 그러니까, **나는 네게 힘이 되고 싶어. 좋아한다는 말을 듣고 싶어.**'

머릿속으로 전하고 싶은 말이 분명하게 떠올랐다. 하지만 말할 수 없었다. 학교에 있는 무게도 히노데에게 달라붙는 타로도, 어느 쪽도 안 된다.

히노데가 창틀에서 내려왔다. 열려 있던 창문을 닫고 품에 안고 있던 나를 옆에 있는 작업대 위에 올려놨다. 작업대에는 조금 전까지 히노데가 물레를 돌리면서 만들던 접시가 놓여 있었다. 히노데는 힐끗 접시에 눈길을 주고 작업실 안으로 발걸음을 옮겼다.

"도예를 더 공부해야겠어. 뭘 만들어도 평범한 것밖에 못 만든다니까, 나는. 역시 도예로 유명한 모리 고등학교에 가야겠어. 엄마한테 확실히 말해 둬야지."

혼잣말을 중얼거리면서 히노데는 의자 위에 접혀 있던 앞치마를 손에 들었다. 감정의 여운이 아직 남아 있던 나는 아무 생각 없이 히노데를 향해 가까이 가려고 했다.

그러다 깜짝 놀랐다. 히노데의 접시를 밟아 버렸다! 구워진 상태였다면 내가 밟아도 아무 문제 없었을 것이다. 그러나 접시는 히노데가 조금 전까지 점토로 막 형태를 만들어 낸 상태였다. 당연히 표면은 부드러웠고, 그 바람에 확실히 찍혀 버렸다. 무엇이? 물론 바로 나, 타로의 발자국이.

어, 어쩌지?

"타로, 가자."

앞치마를 손에 든 히노데는 집으로 돌아갈 작정인지 작업실 출입구로 향하고 있었다. 에잇,

116

별수 없다. 말로 사과할 수가 없으니 나중에 들켜서 혼나기라도 하면 얌전히 잔소리 들으면 되겠지.

3

어디선가 개가 짖고 있었다. 사람이 아닌 상태이니, 얼룩이의 습격과 같이 경계해야 할 울음소리였다. 하지만 다행히 가까운 곳은 아니었다. 어느 집에서 기르는 개가 짖는 소리일지도 모른다. 그렇게 걱정할 필요는 없다.

눈앞으로 어두운 오르막길이 계속 이어졌다. 오늘 두 번째로 집에 돌아가는 길이었다. 아니, 학교에서 돌아왔을 때까지 치면 세 번째인가.

첫 번째는 스스로도 놀랄 만치 흥분한 상태로, 두 번째는 침울한 상태로 그리고 세 번째인 지금은 두 번째만큼은 아니지만 역시 기분이 가라앉은 상태였다. 히노데가 얼마간 기운을 되찾아서 다행이다. 하지만 그건 내가 뭔가를 해서 그런 것이 아니다. 히노데가 강하기 때문이다. 나는 결국, 아무것도 하지 않았다.

가로등 불빛만이 비치는 오르막길을 나는 터벅터벅 걸어갔다. 길옆에는 작은 항아리 모양 술병을 쌓아 올려 시멘트로 고정한 담이 있었다. 도코나메에는 이런 담장이 많다. 앞으로 조금만 더 가면 덴덴 오르막이라고 불리는 관광 명소가 있다. 해가 저물고 찾아올 만한 곳이 아니라서 주변에 사람은 없다.

그러나 그곳에서 어떤 기척이 느껴졌다. 길가에 덩그러니 놓여 있는 항아리가 보였다. 누가 봐도 의심스럽다. 다른 술병 항아리는 벽에 묻혀 있는데, 이 항아리는 누가 잊어버리고 놓고 간 것처럼 바깥에 놓여 있다.

항아리를 물끄러미 바라보자 달각달각 흔들리기 시작했다. 그리고 퐁, 하는 소리와 함께 커다란 삼색 고양이 머리가 튀어나왔다.

"으냐!"

가면 장수였다. 가면 장수는 항아리 안에서 머리만 꺼낸 채로 이쪽을 향해 씩 웃었다.

"진실을 말했어?"

그 말을 듣자마자 얼굴이 경직되었다. 이 녀석은 전부터 히노데에게 내 정체를 말해 보라고 유혹했다.

기분이 나빠진 나는 옆을 보며 퉁명스러운 목소리로 말했다.

"말 안 할 거야."

"그렇다면 말이야."

가면 장수의 몸이 바깥으로 빠져나왔다.

"차라리 아무것도 말하지 않은 채로, 고양이가 될 테냐?"

"싫어. 고양이인 채로는 히노데에게 아무것도 해 줄 수 없는걸."

가면 장수가 소리 높여 웃었다.

"인간 모습도 똑같잖아?"

"그런 거……."

"아니야? 진짜, 아니야?"

정말로 이 녀석은 가까운 곁에서 관찰한 것처럼 나를 잘 알고 있다. 게다가 만날 때마다 아픈 곳을 쿡쿡 찔러 댄다. 내가 잠자코 있자, 가면 장수는 재미있다는 듯이 그 자리에서 춤추기 시작했다.

"고양이라면 언제나 히노데 옆에서, 히노데를 볼 수 있고 잘 수도 있고 밥도 먹을 수 있고 누고 또 자고. 그것만으로 행복하지, 히노데도 행복하고."

"시끄러, 시끄러, 시끄럽다고!"

나는 듣지 않으려고 더 큰 소리로 외치면서 달려 나갔다. 가면 장수는 쫓아오지 않았다.

"아하하하."

재미있다는 듯 웃는 소리만이 등 뒤에서 멀어져 갔다.

어느 순간 웃음소리가 딱 멈춰서 뒤를 돌아보니, 가면 장수는 흔적도 없이 사라졌다.

아래만 보고 있으면 마음속 깊은 곳까지 어두워진다. 담을 기어올라 어느 집 지붕까지 올라가서, 나는 히노데를 생각했다. 가면 장수의 부추김 때문에 오히려 반발심에 불이 붙었는지도 모른다.

축제 날 밤, 히노데는 말했다.

"싫은 일도 귀찮은 일도 여러 가지로 많지만…… 여기서 나갔을 때, 세계가 사라지고 없다면 그건 그것대로 싫겠지?"

그렇다. 지금의 나는 세상이 망하기를 바라지 않는다. 히노데가 있으니까. 정말 좋아하는 사람이 생겼으니까. 그런데 인간의 모습인데도 똑같다니? 히노데에게 해 줄 수 있는 게 없다니? 그럴 리 없다. 그러면 타로로 변신해서 히노데를 좋아하게 되기 전하고 똑같지 않은가.

지붕 위에서 밤하늘을 올려다보았다. 별은 여전히 보석처럼 반짝이고 있었다. 지붕이나 굴뚝에 가로막히지 않고 넓게 펼쳐진 밤하늘을 해방감에 젖어 바라보고 있으려니 천천히 기운이 돌아왔다.

히노데에게 해 줄 수 있는 것이라면, 있다. 찾아보면 분명 있다.

밤하늘을 바라보면서 나는 다짐하듯 중얼거렸다.

"좋았어."

미리 열어 두었던 창문을 열고, 내 방으로 살금살금 들어갔다. 오늘 세 번째로 돌아오는 집이었다. 그러나 방에 들어선 순간, 무언가 미묘하게 달라진 듯한 느낌을 받았다. 언뜻 보기에는 변함없는 내 방이었다. 하지만 달랐다.

"뭔가 이상한데. **아줌마가 들어왔었나?**"

평소 아줌마는 내 허락 없이 방에 들어오지 않았다. 아빠도 내가 중학생이 되고 나서는 한 번도 들어온 적이 없다. 그러니까 이 방 안에 있는 물건을 건드리는 것은 나밖에 없다. 때문에 어떤 물건의 위치가 바뀌어 있으면 나는 예민하게 그것을 알아챌 수 있다.

만약 둘 중 누군가 내 방에 들어왔다면 정말로 큰일이었다. 나는 당황해서 사사키 미요로 돌아와 소리를 내지 않도록 조심하면서 살금살금 1층으로 내려갔다. 잠겨 있는 거실 문에 바짝 붙어 서서 안에서 들리는 소리에 귀를 기울였다.

그러자 아줌마와 아빠가 이야기하는 소리가 들렸다.

"신발이 있으니까, 아마 창문으로."

"이 시간에 맨발로 밖에?"

"응, 요즘 가끔씩."

위험해, 위험하다. 나쁜 예감은 적중했다. 역시 이 시간에 타로로 변해서 나가는 것은 너무 무모한 짓이었다.

"어쩌면 좋아? 나, 못 혼내겠어."

"그렇지, 아무래도."

아줌마의 '어쩌면 좋아?'는 내가 하고 싶은 말이다. 두 사람이 뭐라고 하든 끝까지 시치미를 뗄까. 적당히 거짓말해서 얼버무릴까.

아니면…….

문득 나를 쳐다보는 시선이 느껴졌다. 착각이 아니었다. 불이 꺼진 거실 옆 복도, 그 어두운 공간에 초록색으로 빛나는 두 눈이 이쪽을 빤히 바라보고 있었다.

기나코였다. 아줌마가 새끼 때부터 길렀고 지금도 기르고 있는 고양이. 초록색 눈동자는 내게 못 박힌 채 움직이지 않았다. 주변이 어두운 탓인지, 그 눈동자에서 묘한 압박감이 느껴졌다. 어쩐지 나를 책망하고 있다는 느낌이 짙게 들었다. 상대는 그저 고양이일 뿐인데 눈을 마주치고 있기가 힘들어서 시선을 피했다.

순간, 기나코가 큰 소리로 울더니 나를 향해 돌진했다.

"야옹."

뛰어오르려는 기나코를 보고 나는 비명을 질렀다.

"와악, 잠깐!"

그 결과가 어떻게 되었냐 하면, 굳이 말할 것도 없다.

"미요? 거기 있니?"

거실에서 아빠의 목소리가 들렸다. 다 틀렸다. 기나코를 뿌리친 나는 저쪽에서 문을 열기 전에 선수를 쳤다. 지금 막 2층에서 내려온 것 같은 모습으로 말이다.

거실로 들어가면서 내가 말했다.

"무슨 일 있어?"

소파에 나란히 앉아 있던 아빠와 아줌마가 재빨리 서로 시선을 교환했다. 그리고 아빠가 내게 물었다.

"미요, 지금 어디 갔다 왔어?"

나는 일부러 아빠가 아닌 아줌마를 보았다. 내 방에 들어온 것은 아빠가 아니라 아줌마일 것이다. 방을 빠져나갔던 것은 이미 한참 전에 들켰다. 그 점에서는 내가 불리하다. 그렇지만 아줌마도 우리 사이에 맺어진 일종의 불가침 조약을 깨고, 마음대로 내 방으로 들어왔다. 그것에 관해서는 저쪽도 책임이 있다.

아줌마도 그걸 알았는지, 내가 쳐다보자 당황한 듯 변명했다.

"함께 차라도 마시려고 부르러 갔었는데 없어서."

차라고. 솔직히 거짓말 같지만 지금은 물러나는 수밖에 없다. 이제부터 내가 말할 것도 진실이라고는 한 조각도 섞이지 않은 변명이니까.

"음…… 그러니까 지붕 위에."

아빠와 아줌마가 놀란 목소리로 동시에 말했다.

"어?"

"지붕?"

나도 안다. 이게 끔찍한 거짓말이라는 것쯤은. 하지만 진실을 이야기한들 믿어 주지도 않을 것이고, 이야기할 마음도 없다. 게다가 완전히 거짓말은 아니다. 나는 확실히 지붕 위에 있었다, 아까까지.

"바람 쐬고 싶을 때가 종종 있잖아."

나는 빠르게 덧붙인 다음 바로 그 자리를 빠져나가기로 했다.

"그럼 안녕히 주무세요."

"어? 잘 자렴."

"잘 자렴……."

아빠도 아줌마도 더 이상 캐묻지 않았다. 이 패턴은 언제나 똑같다. 가오루 아줌마와 같이 살게 되면서 나는 집안에서 건드리면 터질 듯한 풍선 취급을 받아 왔다. 아빠도, 아줌마도 나와는 대립하지 않으려고 했다. 껄끄러운 일이 생기면 정면으로 부딪치려고 하지 않고 회피하기 일쑤였다. 섣불리 나를 건드려서 폭발시키는 것이 싫은 거겠지.

당장은 다행이었으나 썩 기분 좋은 일도 아니었다. 서로가 서로의 선을 탐색하면서 부딪치지 않도록 지내는 것은 아무리 좋게 말해도 마음에 무거운 짐이 된다. 특히 오늘처럼 집 밖에서 여러 가지 일이 있었던 날에는 기분이 나쁘니 상대의 겉핥기식 태도가 평소보다 더 거슬린다.

'배려해 주는 척하면서 상냥하게 말하는 것보다, 히노데의 가시 돋친 말이 더 소중해.'

나는 내 방에 돌아와 침대 아래 공간에 틀어박혀 아까 생각한 일을 실행에 옮기기로 했다. 준비할 것은 연습용 연필과 지우개, 번지지 않는 볼펜. 그리고 이전에 요리코

125

와 함께 쇼핑몰에서 산 편지지 세트다. 단순한 충동구매로 샀다가 '이런 걸 어디다 써' 하고 후회했지만, 지금은 그때의 나에게 감사하고 있다. 언젠가 이런 날이 오리라는 것을 예감하고 있었는지도 모른다.

스탠드를 켜고 책상 앞에 앉아 글을 쓰기 시작했다.

"히노데 일출…… 아, 아니지. 편지의 기본…… 우선은 날씨 인사말을 쓰자."

그래. 사사키 미요는 필요 없다. 히노데로 충분해. 히노데, 같이 해돋이(히노데와 해돋이는 발음이 같음) 보러 가자. 그저 말장난이지만, 지금 내가 느끼는 제일 진실한 마음이었다.

다음 날 아침, 나는 평소보다 사십 분이나 일찍 집을 나왔다. 어제 일 때문인지 아침밥을 먹으면서 아줌마가 계속 뭔가 말하고 싶은 표정을 보였지만 무시했다.

학교에 도착하니 나보다 먼저 온 사람은 아무도 없었다. 내 자리에 바른 자세로 앉아, 히노데가 오는 것을 잠자코 기다렸다. 잠시 후, 다른 친구들이 하나둘 교실로 들어오기 시작했다. 그중에는 요리코도 섞여 있었다. 하지만 히노데는 아직 오지 않았다.

"흐아암."

똑같은 자세로 계속 허리를 펴고 의자에 앉아 있으려니 입에서 하품이 나왔다. 안 되지, 안 돼. 어제 작업에 너무 열중하다 보니 밤을 꼴딱 새워 버렸다. 이때까지는 신경 쓰지 않았지만 오늘만큼은 히노데에게 졸린 모습을 보여 주고 싶지 않았다. 다시 정신을 집중해야지.

옆에 온 요리코가 물었다.

"모처럼 공부하는 거야?"

나는 똑바로 앞을 바라보았다.

"인생에 관해서 여러 가지 생각을 하는 중이야."

"엥?"

요리코는 눈을 깜박였다. 그때, 기다리고 기다리던 얼굴이 교실로 들어왔다.

"안녕."

"안녕, 히노데."

히노데는 언제나처럼 이사미와 함께 학교에 왔다. 복도 쪽 자리에 앉은 다른 남학생에게 말을 건 후, 이쪽으로 다가와 나와 요리코에게도 인사했다. 요리코는 평범하게 인사했지만, 나는 평소보다 두 배 정도 큰 목소리로 인사했다.

"안녕!"

요리코가 깜짝 놀라 어깨를 움찔거렸고, 히노데도 벙벙한 얼굴로 나를 보았다. 하지만 별다른 대꾸 없이 히노데는 이사미와 함께 자기 자리로 갔다.

요리코가 작은 목소리로 내게 속삭였다.

"뭔데?"

나는 그 질문에 대답하지 않고, 기세 좋게 의자에서 일어났다. 그리고 가방에서 교과서를 꺼내고 있는 히노데에게 다가갔다.

"히노데!"

"뭐야?"

"저기, 이거 써 봤는데!"

딱딱하게 굳은 목소리로 말하며 내가 내민 것은 다른 게 아니라 밤새워 쓴 편지였다. 내 마음, 지금의 히노데에게 말하고 싶은 것, 전부 다 썼다.

"응?"

"뭐?"

처음의 놀란 목소리는 히노데고, 온 교실에 울리게 소리를 지른 것은 자기 자리에 앉아 이쪽을 살피고 있던 요리코였다. 다른 아이들도 모두 내 쪽을 바라보았다. 하지만 상관없다. 히노데에게 편지를 전해 주는 것을 남에게 숨길 마음도 없고, 부끄럽다고도 생각하지 않으니까.

그때였다.

"오, 뭐야. 직접 편지를 써 줬다고?"

가까이에서 밉살스러운 목소리가 들렸다.

어느새 반나이와 니보리가 바로 옆까지 와 있었다. 내 옆에 나란히 선 반나이는 능글맞게 웃으면서 편지를 들여다보았다. 보는 것은 딱히 상관없었다. 하지만 놀림거리 취급하는 눈빛이 이 편지에 담은 중요한 마음을 더럽히는 것 같다는 느낌이 들었다.

"상관하지 마!"

나는 반나이를 힘껏 뒤로 밀었다. 그리고 다시 히노데를 향해 시선을 돌렸다. 그 순간 손에 든 편지를 반나이에게 뺏기고 말았다.

"앗."

"히히, 러브레터인가요?"

"이리 줘!"

"엇차, 니보리."

돌려받으려는 내 손을 피해 반나이는 편지를 니보리에게 넘겨주었다.

"무게! 여기야, 여기."

니보리가 약을 올리면서 달아났다.

'이 자식.'

교탁까지 도망간 니보리 옆으로 반나이가 달려갔다. 반나이는 니보리의 손에서 편지를 받아 들고 봉투를 사정없이 찢었다.

"하핫, 고백 타임!"

히노데가 날카롭게 소리쳤다.

"적당히들 해."

하지만 반나이는 들은 척도 하지 않았다.

"제가 대신 읽어 드릴게요. 짜자잔!"

얄밉게 말하면서 반나이는 봉투에서 편지지를 끄집어냈다. 반나이의 행동을 예상하지 못했는지 니보리가 조금 동요한 표정을 지었다.

"그만둬, 너희!"

요리코의 화난 목소리가 쩽하고 울렸다.

니보리가 말했다.

"반나이, 정말 읽을 거야?"

반나이는 아랑곳하지 않고 편지 내용을 읽었다.

"오호, 웃기다. 이거 진지한데. 히노데에게, 나는 너를 보면 힘이 나.”

이사미까지 화난 목소리로 외쳤다.

“반나이!”

그리고 나는 머리끝까지 분노했다.

“으으윽!”

“네 이름처럼 넌 떠오르는 태양이야.”

“내놔!”

“널 생각하면 내 마음은 밤이 지나 아침이 오는 것처럼
환해져.”

“너 읽으라고 쓴 게 아니야!”

“내놓으라고!”

나뿐만 아니라 요리코도 함께 반나이의 손에서 편지를
돌려받으려고 덤벼들었다. 하지만 그때마다 반나이는 도
망 다니면서 잘도 피해 다녔다. 정말 열 받는 말투로 내 편
지를 읽으면서 말이다.

“히노데, 네 이름을 부를 때마다 태양이 떠올라 따뜻해
지는 기분이야.”

“내놓으라니까!”

결국 나는 책상에 발이 걸려 넘어지고 말았다. 그래도
포기하지 않았다. 곧장 다시 일어나 반나이를 쫓아갔다.

교단 위로 도망간 반나이가 교탁을 방패 삼아 나를 피하면서 비웃었다.

"열심히도 쫓아오네. 그렇게 창피해?"

나는 배 속 깊은 곳에서 목소리를 끌어내 소리쳤다.

"부끄럽지 않아!"

"엉?"

"내 진심을 남이 하찮게 취급하는 게 싫을 뿐이야!"

빙글거리던 반나이의 표정이 얼어붙었다. 하지만 반나이는 곧 원래의 능글거리는 웃음을 지으며 내가 아니라 뒤를 보았다.

"고백, 받아 줄 생각이야? 해돈이 씨."

눈치채지 못했다. 어느새 히노데가 내 뒤에 와 있었다.

히노데는 지금까지 본 적 없는 험악한 표정으로 반나이를 노려봤다. 말 한마디 없이 성큼성큼 교단 위의 반나이에게 다가가, 그 손에서 잽싸게 편지를 낚아챘다. 반나이도 감히 히노데의 손을 피하지 못했다.

"히노데."

내가 부르자, 편지를 손에 든 히노데는 크게 한숨 쉬고 곁눈질로 나를 보았다.

그 순간, 나는 반나이에 대한 분노도 잊고 크게 동요했다. 왜냐하면 이쪽을 바라보는 히노데의 눈이, 표정이 반나이를 바라볼 때와 다름 없었으니까.

무게일 때도 타로일 때도 본 적이 없는 차가운 분노에 찬 표정. 반나이에게 화내는 것은 이해한다. 하지만 왜, 내게도 그런 표정을 짓는 건지 이해할 수 없었다.

"아…… 왜, 왜 그래?"

용기를 내어 묻자, 히노데는 옆을 바라보았다. 그리고 아무 말도 하지 않고 자리로 돌아가려고 했다.

"고백, 고백!"

교단 위에 쪼그려 앉아 있던 반나이가 교탁 아랫부분을 탕탕 두들겼다.

"시끄러워!"

"고, 컥!"

나는 교탁째로 반나이를 밀어붙여 교단 위에 눕혔다. 그러고 나서 황급히 히노데를 쫓아갔다.

"히노데!"

이름을 부르자 히노데의 발걸음이 멈췄다. 그렇지만 돌아보지는 않았다.

"저기……."

나는 뒷말을 애써 고르며 잠깐 망설인 뒤 말을 이었다.

"나, 히노데가 힘을 냈으면 해서. 나도 히노데랑 똑같아. 생각을 잘 말하지 못하거든. 그래서 항상……."

하지만 내 말은 거기서 끊겼다. 히노데가 큰 소리를 질러 내 말을 막았기 때문이다.

"나하고!"

잔뜩 화가 난 목소리였다.

"넌 달라! 난 부끄럽고 창피해. 당연하잖아? 왜 교실에서 이래? 게다가 이렇게 밀어붙이는 건 **싫다고!**"

"아……."

순간, 교실 바닥이 와르르 무너지는 듯한 착각이 나를 덮쳤다.

싫다.

확실히 내 귀에 박혔다.

그러나 머리가 이해하길 거부했다. 눈앞에 닥친 현실과 마음속 모순이 서로 타협하지 못하고 충돌했다. 눈이 뜨거워지며 시야가 흐려졌다. 마치 교실 바닥뿐 아니라 지축이 흔들리는 것 같았다. 주위의 풍경이 흐려져 보이지 않았다. 게다가 더 나쁜 건, 현실은 바뀌지 않았다는 것이다.

밀어붙이는 건 싫다고.

혹시나 하는 바람에 기대어, 나는 애써 입을 달싹였다.

"하지만 그럼…… 편지가 아니라면……."

하지만 히노데의 대답은 내 바람도, 마음도 산산조각
으로 부숴 버리는 망치 같은 말이었다.

"됐어! 나 좀 내버려 둬. 싫다고 했잖아!"

"싫, 다고?"

처음 내 입으로 그 단어를 반복했다. 그러자 히노데는
그때까지 손에 쥐고 있던 편지를 내 눈앞에서 구겨 버렸
다. 그리고 이번에는 큰 목소리가 아니라 쥐어짜 낸 듯한
목소리로 말했다.

"진짜 싫어……."

결정타였다. 이제 내 머리도
억지로 이해를 거부할 수 없었
다. 울든 어쩌든, 히노데의 그
말은 바꿀 수 없다.

"그렇구나……. 하하."

웃으면서 말하려고 했으나
내 눈에서는 눈물이 흘러 떨어
졌다. 울더라도 아무것도 변
하지 않는데.

"싫어하는구나, 아하하."

목소리에도 울음이 섞였다.

"무게?"

나를 돌아본 히노데가, 왜인지 눈을 둥그렇게 떴다. 나는 더 이상 히노데의 얼굴을 쳐다볼 수 없었다. 빙글 뒤를 돌았다. 거의 무의식적인 동작이었다.

"윽."

아랫입술을 한 번 꽉 물고 나는 그대로 교실을 뛰쳐나갔다.

"무게!"

등 뒤에서 요리코가 비명 지르듯 나를 불렀지만, 발을 멈추지 않았다.

학교 건물을 이어 주는 연결 통로에서 요리코가 울며 말했다.

"그러니까 그냥 싫었다니까!"

시간은 아직 아침 특별 활동 시간 전이었다. 통로에는 우리 말고 다른 학생은 없었다. 머리 위를 올려다보자, 하늘은 내 사정 따위는 알 바 아니라는 듯이 여름답게 푸르고 화창했다.

요리코와 나란히 통로 난간에 기대어 주저앉은 나는, 힘없이 요리코에게 말했다.

"왜 내가 아니라 요리코가 우는 거야?"

요리코는 훌쩍거리면서 대꾸했다.

"히노데 말야, 이젠 포기해."

"엥? 싫어."

"포기 안 하면 절교야!"

"절교도 싫은걸."

"흐어어엉."

요리코가 울부짖으면서 벌떡 일어나 내게 등을 돌렸다.

요리코는 교실을 뛰쳐나온 내 뒤를 바로 쫓아왔다. 게다가 교실을 나올 때 앙갚음으로 내가 교탁과 함께 넘어뜨린 반나이를 신발로 밟았다고 했다. 다시 생각해 보면 뒤에서 반나이의 비명이 들렸던 것 같기도 하다. 정말이지 요리코답다.

"요리코."

"이 멍청이!"

요리코는 울면서 나를 욕했다. 다정한 요리코가 나름

대로 나를 걱정해서 하는 말이라는 것은 안다. 그저 지금은 그런 요리코의 기분도 잘 느껴지지 않는다. 마치 감정이 내 안에서 완전히 사라져서 하늘 저편으로 가 버린 듯한 기분이었다.

천천히 무릎을 세우고 앉아 그 사이에 얼굴을 묻었다. 교실에 있던 때와 달리, 눈물은 더 이상 흐르지 않았다.

4

이상하게도 수업을 빼먹을 기분은 들지 않았다. 아니, 반대일지도 모른다. 수업이라는 구실이 있었기 때문에 나는 히노데가 있는 교실로 어떻게든 돌아올 수 있었다. 그렇지만 아침 소동이 있었기 때문인지 그날은 온종일 반 전체가 술렁거렸다.

히노데와는 그 후, 한 번도 대화하지 않았다. 가까이 가지도 않았다. 대신 요리코가 계속 내 옆에 있어 주었다.

집에 돌아와서도 멍한 상태에서 벗어나지 못했다. 아니, 그런 줄 알았는데 가방을 구석에 던지고 침대 아래 공간에 몸을 쑤셔 넣자 눈물이 흘러나왔다. 몸이 엄청나게 무거웠다. 교복에서 편한 옷으로 갈아입는 것도 귀찮았다. 하지만 계속 교복을 입은 채 울고만 있으면 가오루 아줌마가 이상하게 생각할 터였다.

나는 힘이 들어가지 않는 몸을 억지로 움직여, 간신히 옷을 갈아입었다. 하지만 거기서 기력이 다했다. 베개에 얼굴을 처박고 어두운 세계로 들어갔다. 저녁때까지만 이러고 있어야지. 그때쯤이 되면 아마 눈물도 멈출 것이다.

어두운 세계 속에서 멍하니 생각하고 있는데, 누군가 방문을 두드렸다.

"미요, 방에 있니?"

아줌마였다. 그러고 보니 오늘 아빠가 쉬는 날이라 집에 있다고 했었지.

나는 베개에서 머리도 들지 않고 대답했다.

"있어요."

"괜찮으면 같이 차 마실래?"

"아, 전 됐어요."

보통 아줌마는 이쯤에서 물러서서 '그러니?' 하고 유감스럽다는 듯 속삭이고 계단을 통통 내려가고는 했다. 하지만 아무리 기다려도 계단을 내려가는 소리가 들리지 않았다. 문 저편에서 침묵이 흘렀다. 이상하다는 생각이 들었을 때, 뭔가 결심한 듯한 아줌마의 목소리가 들렸다.

"좀 들어가도 되겠니?"

"네?"

예상치 못한 전개였지만 거절할 이유가 없었다. 힘이 없다고 말할 수가 없었다. 게다가 지금도 눈물이 계속 흘렀다. 거울이 없으니까 확인할 수 없지만, 분명 얼굴이 엄청 이상할 것이다. 나는 반사적으로 근처에 있는 티슈를 들고 눈가를 닦았다. 그리고 커튼을 열고 똑바로 누운 뒤 아줌마에게 말했다.

"들어오세요."

그리고 윗몸일으키기를 시작했다. 양손을 머리 뒤로 깍지 끼고, 팔뚝을 얼굴 옆에 바짝 붙였다. 눈물로 빨개진 내 눈을 팔로 감추듯이.

철컥하고 문 열리는 소리가 들리면서 아줌마가 방으로 들어왔다. 나는 그쪽을 바라보지 않으려고 애쓰면서 윗몸일으키기를 계속했다.

"저 지금 다이어트 중이라서."

물론 '빨리 나가 주었으면' 하는 마음에서 나온 말이었다. 하지만 오늘의 아줌마는 내 신호에 따라 주지 않았다. 그뿐 아니라 묘하게 진지한 말투로 나를 불렀다.

"미요."

아줌마가 머뭇머뭇 말을 이었다.

"내가 함께 사는 게…… 싫으니?"

가슴 안쪽에 거대한 돌이 던져진 것처럼 크고 무거운 불쾌함이 느껴졌다.

정말이지. 하필 이런 날 이런 이야기를 하다니. 안 그래도 나는 지금 마음의 여유가 없는데. 짜증 나는 마음을 애써 억누르고 무게가 아닌 사사키 미요로서 웃는 얼굴을 보이며 서투른 농담을 쳤다.

"뭐예요, 흔해 빠진 신파도 아니고. 전혀 아니에요, 그런 거. 아하하하."

그러나 아줌마는 내 최후의 방어선을 무자비하게 밟고 들어왔다.

"왜 웃는 거니? 미요, 언제나 그렇게 웃고 있지만 사실은 무리하고 있는 거 아니야?"

아마도 평소의 나였다면 그 말에도 '사사키 미요'의 가면을 잘 쓰고 있었을 것이다. 아줌마의 말을 웃어넘기고 얼버무리고 적당히 넘어가는, 항상 하는 '가족놀이'를 계속하려고 했을 것이다. 하지만 지금은 타이밍이 너무 나빴다.

식은땀이 나왔다. 사사키 미요의 가면을 쓰고 있는 지

금 이 순간이 너무나 고통스러웠다. 그와 함께 내 속에 일어난 것은 거센 분노였다. 엄마가 집을 나가고 아빠는 그런 엄마에게 돌아오라고 하기는커녕 가오루 아줌마를 데려왔다. 제멋대로 행동하는 어른들을 향한 분노와 지긋지긋한데도 아무 말도 못 하고 참고 있던 '나'에 대한 분노가 한꺼번에 치밀어 올랐다.

아줌마가 이어서 말했다.

"저기, 미요에게는……."

'이제 됐어. 더 이상 말하지 마.'

나는 이때까지와는 완전히 다른 낮은 목소리로 아줌마의 말을 잘랐다.

"정말 제멋대로라니까."

"응? 제멋대로라니?"

아줌마의 조금 놀란 듯한 목소리가 들려왔다. 더 나가면, 무너진다. 우리가 이제까지 어떻게든 유지하고 있었던 평온한 나날이, 가족놀이가. 하지만 먼저 선을 넘은 것은 아줌마다. 그러니까 내 잘못이 아니다.

"너무 제멋대로라고! 자기들 마음대로…… 아야!"

기세 좋게 외치며 일어서다가 머리를 침대 모서리에 박고 말았다. 아프다. 정말 아프다. 하지만 아픔은 분노를 진정시키기는커녕 점점 불타올랐다.

"미요?"

"무리해서 웃는 게 뭐가 나빠! 그리고 싶으니까 그러는 거지!"

내가 돌변하자 아줌마는 얼이 빠진 모양이었다. 나는 그런 아줌마를 보지 않고 계속 소리를 질렀다.

"뭐야, 진짜. 재혼이라니! 내가 상처받을 거란 건 처음부터 알고 있었잖아! 그런데 어떻게든 받아들이고 평화롭게 살려고 하잖아. 이젠 또 무리해서 웃지 말라니, 나보고 어쩌라는 거야!"

계단을 달려 올라오는 발소리가 들려왔다. 아빠다. 내 목소리를 들었나 보다. 아빠는 당황한 얼굴로 내 방에 뛰어 들어왔다.

나는 신경 쓰지 않고 책상 의자를 들어 아빠와 아줌마를 향해 흔들어 보이고는, 쿵 소리를 내면서 침대 옆에 놓았다.

"엄마는!"

소리를 지르면서 나는 의자에 올라섰다. 그리고 이불 속에 숨겨 두었던 고양이 가면을 끄집어냈다.

"나를 버리고 가 놓고는 이번에는 같이 살고 싶다고 하고!"

"미요."

"나는 엄마도 아빠도 아줌마도 이제 아무래도 좋아. 전부…… 전부 필요 없어!"

거의 절규에 가까운 소리를 지르고 나서야 나는 아빠와 아줌마를 보았다.

그리고 놀라고 말았다.

아줌마와 아빠가 허수아비로 변해 있었다. 헝겊에 눈, 코, 입을 아무렇게나 그린 허수아비로. 물론 환상이다. 지나치게 흥분하면 히노데와 요리코 이외의 사람이 눈에 들어오지 않게 되는, 나의 고질적인 환상.

하지만 이는 내가 나를 의식적으로 속이는 것이다. 히노데와 요리코만 보고 싶다고 생각할 때, 주위 사람들을 허수아비라고 상상한다. 머릿속을 가득 채우는 망상인 셈이다. 하지만 적어도 의식하지 않을 때는 주위 사람이 마음대로 허수아비로 변하지는 않았다.

그런데 몇 초 정도였지만, 분명 아빠와 아줌마가 허수아비로 보였다. 자각하고 그렇게 만든 것도 아닌데.

아빠가 달래는 듯이 나를 불렀다.

"미요."

나는 불현듯 정신을 차렸다.

"웃."

"미요!"

휘청거리면서 방 창문을 열었다. 여기는 2층. 내 손에
는 고양이 가면이 있다.

"미요, 기다려!"

아빠가 말리는 것을 뿌리치고 창밖으로 몸을 날려, 두
사람의 시선이 닿지 않는 틈을 노려서 타로가 되었다.

"미요, 돌아와!"

아무 말도 듣고 싶지 않다. 나는 돌아보지 않고 앞을 향
해 달렸다. 마치 히노데에게 싫다는 말을 들은 아침에 교
실을 뛰쳐나왔을 때처럼.

나는 자연스럽게 노보리가마 광장에 있는 '시공' 구조
물로 향했다. 축제 날 밤, 나와 히노데가 서로 몸을 기대었
던 구조물 바로 앞에서 나는 무게로 돌아왔다.

때마침 해가 질 무렵이 되어 석양빛을 받은 구조물은
쓸쓸한 빛을 띠고 있었다. 다른 일은 이제 어찌 되든 좋다.
아줌마도 기나코도 엄마랑 아빠도, 누가 나를 싫어해도
상관없다. 히노데 말고는 이제 어찌 되든 아무래도 좋다.
맨발인 채로 구조물 가운데 뚫린 공간으로 기어들어 가서

그대로 고양이처럼 몸을 둥글게 말았다.

"나 멍청하네."

혼자 작게 중얼거리자 또다시 눈물이 났다.

"요리코가 말한 대로였어……. 도시락을 나눠 줬다고 들떠서 편지 따위나 쓰고."

아침에 히노데가 뱉은 말이 몇 번이고 몇 번이고 머릿속에 떠올랐다가 사라졌다.

"싫다고 했어……. 싫어. 난 좋아한다는 말을 듣고 싶은데…… 정말 좋아한다는 말을 듣고 싶다고."

더 이상은 제대로 된 문장조차 말할 수 없었다.

"흐윽, 흐어엉."

목소리를 높여 크게 울어 본 건 초등학생 시절 이후 처음이었다.

실컷 울고 나자, 목은 목대로 쉬고 눈물도 더 이상 나오지 않았다. 주변은 완전히 어두워져 있었다. 평소라면 집으로 돌아가야 하는 시간이었다. 하지만 지금은 정해진 룰에 따를 마음이 도저히 들지 않았다. 그렇다고 해서 이런 시간에 맨발로 시내를 돌아다닌다면 틀림없이 누군가에게 붙잡힐 것이다.

나는 다시 타로가 되어, 이번에는 히노데의 집으로 향

했다. 스스로도 정말 질척거린다는 생각이 들었다. 그렇지만 달리 갈 장소가 떠오르지 않았다. 게다가 무게인 나는 싫어도 타로인 나는 싫어하지 않을 테니까.

집에 가 보니, 히노데는 할아버지 공방에 없었다. 방에서 공부하고 있나 했더니 그것도 아니었다. 창밖에서 히노데 방을 살폈다. 히노데는 침대 위에 아무렇게나 누워 천정을 멍하니 바라보고 있다. 드문 모습이었다. 뭔가 고민거리라도 있는 걸까?

귀를 기울여 보자, 창문 안쪽에서 히노데의 혼잣말이 드문드문 들려왔다.

"그 녀석, 왜 그런 말을 했을까? 걔한테 내 고민거리를 이야기한 적이 없는데."

나는 내 존재를 알리려고 앞발로 탁탁 창문을 흔들었다. 그러자 히노데가 눈치채고 몸을 일으켰다. 내 모습이 눈에 들어오자 멍하던 히노데의 표정이 약간 다정해졌다.

"타로, 웬일이야? 이 시간에."

창문을 열고 히노데는 나를 들여보내 주었다.

"그러고 보니 너, 그때 그 접시."

"야옹?"

히노데가 막 만든 접시를 밟아 발자국 냈던 일을 떠올

린 나는 흠칫 놀랐다. 화낼 거라고 생각해서 몸을 움츠렸으나 히노데의 표정은 여전히 다정했다.

"대단하네, 넌. 할아버지가 칭찬해 주셨어. 나와 넌 다른가 봐."

히노데의 말이 잘 이해되지 않았다. 나와 네가 다르다고? 무게나 사사키 미요라면 몰라도, 고양이인 타로와 사람인 히노데가 다르다니 너무 당연한 말 아닌가.

다시 멍한 표정으로 돌아온 히노데는 나를 안아 들고 코끝을 내 얼굴에 가까이 댔다.

"햇빛 냄새. 그 녀석 같네."

그 녀석?

"걔도 자기 생각을 말하지 못할 때가 있구나."

히노데 말은 점점 중구난방이 되어 갔다. 역시 오늘 히노데는 평소와 다르다. 열심히 관찰하고 있는데, 문득 히노데가 뭔가를 깨달은 듯 눈을 크게 떴다.

"어? 나……."

그리고 나를 침대가에 내려놓았다. 바닥에 정좌한 채 눈높이를 맞추고 나를 똑바로 바라봤다.

히노데가 묘하게 긴장한 목소리로 말했다.

"좋아해!"

엥? 나는 어리둥절했다. 왠지 말의 앞뒤 맥락이랄까, 그런 게 하나도 없었다. 나는 눈을 깜박거린 후, 정면에 있는 히노데의 얼굴을 빤히 바라보았다. 이건…… 타로인 나한테 말한 거겠지? 히노데의 얼굴은 서서히 빨개졌다.

"아……."

히노데는 상반신을 앞으로 굽혀 머리를 침대 위 베개에 묻었다.

"그렇구나. 좋아하는 거야."

역시 타로를 말하는 거다. 히노데가 나를 쓰다듬으면서 천천히 눈을 감았다. 볼은 아직도 약간 빨갰지만, 가슴속에 맺혔던 무언가가 사라진 얼굴이었다. 나는 그런 히노데를 바라보면서 마음속으로 중얼거렸다.

'타로라면 이렇게 좋아해 주는구나.'

계속 그럴 것이다. 아마, 앞으로도 쭉. 이 사실이 내 마음을 아프게 했다.

밤이 깊어 갔다. 침대에 기댄 채로 히노데는 잠들어 버린 듯했다. 나도 눈을 감았다. 집에는 가지 않는다. 오늘은 여기에 있을 것이다. 날이 밝고 태양이 '안녕'이라고 얼굴을 내밀 때까지, 계속.

'히노데.'

나는 아마 히노데와 해돋이를 보고 싶었던 것 같다. 타로라면 그 꿈을 이룰 수 있다. 하지만 무게나 사사키 미요로서는 이룰 수 없다. 오늘은 그것을 가까스로 깨달은 날이었다.

"으음."

눈부신 아침 해와 참새가 지저귀는 소리에 눈을 떴다. 잠이 덜 깬 눈으로 주변을 둘러보았다. 어디를 어떻게 보아도 내 방은 아니었다.

"아, 그렇지. 히노데 집이었지."

문득 방에 걸린 벽시계에 눈이 갔다. 시침이 숫자 8에 걸쳐져 있었다.

"큰일 났다, 벌써 시간이! 학교⋯⋯."

후다닥 몸을 일으키려다, 아직 네발로 서 있다는 것을 깨달았다.

"나 지금 고양이지. 안 가도 되려나."

뭐, 괜찮겠지. 타로인 나는 학교에 가지 않아도 된다. 물론 나는 무게나 사사키 미요이기도 하다. 오늘은 평일이니까 무게나 사사키 미요는 당연히 학교에 가야 한다. 하지만 그러려면 우선 집으로 돌아가야 한다.

'싫어.'

내가 아래를 보고 생각한 순간, 방 창문이 덜컹 소리를 냈다. 히노데는 방에 없었다. 학교에 갔을 것이다. 즉, 이 소리는 히노데가 낸 것이 아니다.

"나하하하!"

창밖에 빨간색 목걸이를 한 커다란 삼색 고양이가 있었다. 오늘은 항상 입고 있던 기모노를 입지 않았다. 두 다리로 걷고 있지도 않았고 담뱃대도 없었다. 하지만 난 그게 누구인지 바로 알았다.

"가면 장수?"

"후후."

삼색 고양이, 가면 장수는 크게 웃고 능숙하게 앞발을 이용해서 창문을 열더니 방으로 들어왔다. 그리고 얼굴을 맞대자마자 내 기분을 꿰뚫어 보는 것처럼 말했다.

"고양이가 되면 좋은 일뿐이야. 불행한 일이라곤 하나 없지. 고양이인 내가 말하는 거니까 틀림없단다."

말문이 막혔다. 대꾸하지 않겠다고 생각한 것도 아닌데 말이 나오지 않았다. 결국 입을 열어 내뱉은 말은 가슴 깊은 곳에 품고 있던 내 속마음이었다.

"됐어."

"응? 됐다니, 뭐가?"

"미요는 이제, 됐어."

그 말을 듣자마자 가면 장수는 기쁨을 감추지 못하고 환하게 웃었다.

"그러냐, 그러냐. 거 좋은 생각이군!"

나는 되풀이해서 말했다.

"이제 됐어."

왠지 정말 피곤한 기분이었다. 몸도 마음도 완전히 지쳐 버렸다. 집도 학교도 히노데도, 전부 내가 바란 대로 되지 않는다. 미요와 무게는 무엇을 해도 잘되지 않는다.

유일하게 타로로 변해 있을 때는 어렵게 생각하지 않아도 된다. 가면 장수가 계속 내게 말했던 게 이런 것일지도 모른다.

'그럼 차라리 이대로……' 하고 생각한 순간, 내 얼굴에서 묘한 감촉이 느껴졌다. 마치 피부가 고통 없이 벗겨져 허공에 뜨는 것 같은 느낌이었다. 가볍게 현기증이 나서 눈을 깜박이자 내가 네발로 서 있던 히노데 침대에 무언가가 떨어졌다.

"어?"

가면이었다. 내가 타로가 될 때 쓰는 고양이 모양 가면

과는 달랐다. 사람의 얼굴을 닮은 가면이었다. 게다가 이거 지금 내 얼굴에서 벗겨진 것 같은데.

"오호!"

가면 장수가 탄성을 지르고 허공에서 휙 재주를 넘었다. 통통한 체구에 반해 상당히 가벼워 보이는 몸짓이었다. 공중에서 뛰어내린 가면 장수 탓에 침대 매트가 출렁거렸다. 그 반동으로 내 눈앞에 떨어져 있던 사람 가면이 허공을 날았다. 가면 장수가 사람 가면을 자기 머리 위로 능숙하게 받았다.

"고맙구나!"

"그게 뭔데?"

"인간의 얼굴이지. 진심으로 인간이 아니고 싶어질 때 벗겨져."

말을 마친 가면 장수는 이젠 볼일이 없다는 듯, 창문으로 향했다. 나가기 전 나를 돌아보고는, 언제나처럼 씩 웃었다.

"이제 넌 영원히 고양이야."

몸의 모든 털이 바짝 서는 기분이었다. 이제 영원히 고양이라니.

"어……. 그럼 다시는 인간으로 돌아갈 수 없는 거야?"

"이 가면을 쓰면 다시 돌아갈 수 있어. 완전히 고양이가 되어 버리기 전이라면 말이지."

내 가면을 머리 위에 올린 가면 장수가 베란다로 나가서 말했다.

"알맹이도 완전히 고양이로 변하려면 조금 시간이 걸리지만, 그때가 오면 좋은 곳에 데려가 주마. 축하하는 의미에서 말이야."

"기, 기다려! 역시 아직은……."

붙잡으려던 순간, 철컥하고 창문이 잠겼다.

"나하하."

가면 장수가 다시 허공을 날았다. 이번에는 재주를 넘는 수준이 아니었다. 단 한 번의 도약으로 가면 장수는 옆집 지붕까지 날아갔다. 거기서 평소처럼 기모노를 입고 두 다리로 걷는 모습으로 바꾸더니, 한 번 더 도약해서 지붕 저편으로 달아나 버렸다.

나는 창문 안쪽에서 그 뒷모습을 멍하니 바라봤다. 쫓아갈 수 있는지 어떤지 모르겠지만, 타로의 몸이라면 가면 장수를 잡으러 갈 수 있을지도 몰랐다. 하지만 그렇게 하지 않았다.

왜인지 다리가 움직이지 않았다. 알고 있었다. 내가 쫓아갈 마음이 없다는 것을. 그것은 가면 장수의 말을 받아들인다는 말이었다.

인간은 이제 됐다. 영원히 고양이. 계속 타로로.

가면 장수의 모습이 사라진 하늘을 올려다보며, 나는 작게 중얼거렸다.

"안녕, 무게……."

기나코의 세계 ③

행복해지고 싶다는 것이 아니다. 행복해졌으면 좋겠다
는 거다. 앞으로도 쭉. 내가 없어진 후에도, 계속.

집 안은 소란스러웠다. 어제저녁부터 미요가 돌아오지
않았다. 가오루와 미요의 아버지인 요지가 이곳저곳을 찾
아 헤맸으나, 끝내 발견하지 못한 모양이었다. 아침이 되
자, 요지는 회사에 쉬겠다고 연락을 했다. 지금은 미요를
찾으러 다니지 않고, 친척이나 지인들 집에 전화를 돌리
는 중이다. 미요가 그곳에 없는지 확인하기 위해서다. 하
지만 그것도 결과가 신통치 않은 것 같았다.

"다음으로 가능성이 있는 건 역시 미요 학교 친구들이
군. 가오루, 아는 사람 없어?"

"미안해. 미요는 내게 학교에 대한 일은 거의 얘기하지 않아서."

"저번에 말했던 애는 히노, 레였던가?"

"그것도 난 잘 몰라."

"그래……. 아니, 어쩔 수 없는 일이야."

피곤한 듯이 중얼거리고 요지는 거실 소파에 풀썩 주저앉았다. 가오루도 나란히 앉았다. 기나코가 아는 한, 두 사람 다 어제부터 한숨도 자지 못한 상태였다.

"친구 집에 간 거라면 그나마 안심인데."

"정말 미안해. 내가 미요와 대화해 보려고 괜히 말을 꺼내서 이런 일이."

"가오루 탓이 아니야. 오히려 내가 처음부터 같이했어야 했어. 미요가 돌아오면 이번에는 그렇게 해 보자."

"응……."

무거운 대화는 기나코의 머리 위에서 계속됐다. 기나코는 고양이라, 인간의 말로 나누는 대화를 완전히 이해할 수는 없다. 그저 내용을 짐작하는 것뿐이다. 그리고 동시에, 소용없는 일이라고도 생각했다. 생각해 보면 이해할 수 있는 일이었다.

'여기는 그 애가 마음 편히 있을 장소가 아니야.'

원래 이 집에 살고 있었던 것은 미요 쪽이고, 가오루와 기나코는 외부에서 들어온 침입자였다. 하지만 지금은 가오루나 기나코가 아니라 미요 쪽이 이 집의 이방인이 되었다. 계속 지켜본 기나코는 알았다.

가오루와 요지는 미요를 신경 쓰고 배려했지만 미요는 받아들이지 못했다. 잘못이란 소리는 아니다. 그러나 진심을 보이지 않고 틀어박혀 있으면 해결되는 것은 아무것도 없다. 미요는 겉으로나마 평화로웠던 집안 분위기를 흐리게 만들었다. 결국 원인은 미요 자신인 것이다. 미요가 진심으로 가오루를 받아들이지 못하고 아빠인 요지마저 거부했기 때문에, 지금의 상황이 된 것이다.

헛된 노력. 그냥 내버려 두면 될 일이었다. 이방인이 있으니까 집안이 소란스러운 것이다. 그렇다면 '가오루를 받아들이지 않는 미요'는 이제 필요 없다. 이곳에는 돌아오지 않는 편이 좋다. 그것이 가오루를 위한 일이기도 하고, 가오루가 원하는 일일 것이다.

"요지, 학교에는……."

"그렇지. 마지막엔 연락할 수밖에 없겠지. 학교 선생들이라면, 미요 친구들이 누군지 알 테고."

"소란스러워지지 않을까?"

"어쩔 수 없잖아. 이런 상황이니까."

"그렇네."

가오루와 요지의 대화는 계속 이어졌다. 이야기를 들으면서 기나코는 열린 문을 통해 살짝 거실 밖으로 나왔다. 계단을 올라 2층에 있는 미요의 방으로 들어갔다. 주인 없는 방은 고요했다.

방구석에 아무렇게나 내던져진 가방, 활짝 걷힌 커튼, 반쯤 열려 있는 서랍. 있어야 할 사람의 모습이 없어지자, 역시 풍경도 바뀌었다. 그 늙은 고양이의 모습이 사라진 도자기 공방의 뒤뜰처럼. 단, 그 뒤뜰과 달리 이곳의 경치는 완전히 죽어 있지 않았다. 주인이 돌아오면 되살아날 수도 있을 것이다.

방 가운데까지 가서 기나코는 둥글게 몸을 말았다. 벽시계의 초침만이 가사 상태인 이 방에서 유일하게 규칙적으로 움직이고 있었다.

소리가 잘 들리지 않지만 조용히 앞으로 나아가는 바늘이 열 바퀴쯤 돌았을 때였을까. 문득 창밖에서 소리가 났다. 기나코는 누운 채로 천천히 얼굴만 들어 위를 보았다.

"으하하!"

창밖 베란다에 통통하고 큰 삼색 고양이가 보였다.

3 무게, 섬으로 가다

1

온종일 고양이인 채로 지내는 것은 처음 하는 경험이었다. 그리고 깨달았다.

할 일이 없다. 사람은 자랄수록 매일매일 해야 하는 일이 많다. 아주 어렸을 때는 유치원에 가야 하고, 초등학교, 중학교에도 가야 한다. 물론 쉬는 날은 별개지만 휴일에도 친구들과 놀거나 쇼핑을 가거나 시험공부를 한다. 뭔가 목적을 가지고 행동해야 하는 날이 많다.

아니, 많았다. 인간으로 돌아갈 수 없게 되어 '해야만할 일'이 없어지니 시간을 어떻게 쓰면 좋을지 알 수가 없었다. 이렇게 되기 전에 미요에서 타로로 변신했을 때는 히노데를 만나러 간다는 목적이 있었으나, 한낮인 지금은 히노데도 학교 수업을 받고 있을 즈음이라 만날 수 없다.

이것이 고양이의 삶일까? 신경 써야 할 것은 끼니 정도지지만 그것도 히노데 집에 있으면 해결된다. 실컷 빈둥거린 내가 겨우 생각해 낸 것은 집에 돌아가 보는 일이었다.

사람으로 변하지 못하니 타로인 상태로 돌아간다. 그러니까 집에 있는 아빠나 가오루 아줌마와 대화가 가능할 리가 없다. 그저 이야기를 할 수 없어도, 한 번 정도는 아빠와 아줌마를 보고 오는 편이 좋겠다는 생각이 들었다. 앞으로 쭉 고양이인 채로 산다는 게 아직 실감 나지 않지만 말이다.

흐린 하늘 아래, 항상 다니던 오르막길을 걸어 사사키 미요의 집으로 갔다. 집 앞에 도착했을 때, 낯익은 자전거가 보였다.

"어라? 엄마가 왔나?"

무슨 일이람. 언제나 나를 밖으로 부르고 집에 온 적은 없었는데. 나는 거실 앞뜰의 베란다 창문으로 가까이 다가갔다. 커튼이 드리워 있었다. 하지만 내가 그 앞에 서자, 마치 누가 알아본 것처럼 커튼이 샥 젖혀졌다.

"헉?"

커튼을 연 아빠와 갑자기 눈이 마주쳐서 흠칫 놀랐다. 하지만 아빠는 나를 보고도 크게 반응하지 않았다. 그도 그럴 것이, 지금 나는 타로라서 아빠가 보기에는 흔한 길고양이가 뜰을 지나가던 것이라고 생각할 게 뻔했다.

아빠는 창밖에 있는 나에게 등을 돌렸다. 나는 안도의 한숨을 쉬고 다시 실내를 엿보았다. 거실에는 아빠 외에 엄마와 아줌마가 있었다. 엄마는 소파 등받이에 기대어 초조하게 아빠와 이야기를 하고 있었다.

"그러니까 스마트폰 사 주라고 했잖아."

"으음."

"게다가 왜 학교에 알린 거야? 소문이라도 나면 미요가 학교 다니기 얼마나 힘들지 몰라?"

"친구들에게 물어보면 뭔가 알 수 있을 거라고 생각했어."

"그럼 직접 친구들한테 물어보면 되잖아. 설마 몰라, 미요 친구들이 누군지?"

"몰라."

"대단하네!"

아빠에게 질렸다는 듯이 엄마가 컵에 있는 물을 단숨에 마셔 버렸다.

이번에는 아줌마가 입을 열었다.

"미키 씨 댁에 가지는 않은 거죠?"

감정을 꾹 누른 목소리였지만 아줌마도 기분이 좋아 보이지는 않았다. 엄마가 울컥한 듯 아줌마를 노려봤다.

"그런데?"

"미요는 당신에 대해······."

"그쪽을 신경 쓴 거라고!"

아줌마의 말을 엄마가 강한 어조로 잘랐다.

"다정한 애니까, 미요는. 가족 안에 흙발로 들어온 당신은 평생 모르겠지만!"

항상 침묵하던 아줌마가 이번에는 엄마를 마주 노려보며 말했다.

"미키 씨도 엄마에게 버림받은 아이의 마음은 전혀 모를걸요."

"뭐라고?"

"미요가 얼마나 상처받았는지······."

짝, 하고 날카로운 소리가 났다. 엄마가 아줌마 뺨을 때리는 소리였다. 그것만이라면 엄마 성격상 충분히 벌어질 법한 일이었으니 그다지 놀라지 않았겠지만······.

또다시 짝 소리가 났다.

"윽!"

아줌마가 바로 반격하여 엄마 뺨을 때린 것이다.

'자, 잠깐.'

"뭐 하는 거야!"

잠깐 멍해졌던 엄마가 정신을 차리고 눈을 치켜뜨며 아줌마에게 덤벼들었다. 아줌마의 머리끄덩이를 잡아당겨 휘두르려고 했다. 아줌마도 지지 않았다. 똑같이 엄마의 머리칼을 잡았다. 물론 둘 다 격투기 경험자는 아니니 그야말로 완벽한 개싸움이었다. 하지만 기백만큼은 엄청났다.

"난 언젠가 이 집에 돌아오려고 했는데! 네가 있으니까 못 돌아오게 된 거 아냐! 미요한테서 엄마를 뺏은 건 너야!"

"나는 그저 미요에게!"

"이, 이봐. 그만들 둬."

그리고 누구 편도 들지 못하고 두 사람을 말리려고 하는 조금 꼴사나운 아빠의 모습이 보였다. 와, 이게 웬 난리람. 원인의 절반은 나겠지만 남은 절반은 절대 내가 아닌데. 지금은 안녕이라고 말할 수 있는 타이밍이 아니었다.

싸움이 벌어지는 거실을 지켜보던 나는 뒷걸음질로 집 밖으로 나왔다. 인사는 나중에 하자. 뭐야, 아줌마. 날 상대로 할 때 아니면 그렇게 눈치 보거나 하진 않네. 어른 상

대로는 저렇게 진짜 싸움을 하는 건가. 뭔가 서운하네. 내게도 조금은 진짜 모습을 보여 줬으면 좋았을 텐데. 뭐, 나도 아줌마에게 진심을 보인 적은 없으니 피차일반이지. 이런 것을 내 뜻대로 되는 게 하나 없다고 하는 건가.

집을 벗어나자 날씨가 심상치 않아졌다. 멀리서 천둥 치는 소리가 들린다. 잠시 후 잿빛 하늘에서 뚝뚝 빗방울이 떨어지기 시작했다. 지금은 아직 작은 빗방울이지만 본격적으로 내리기 시작할 게 틀림없어 보였다.

비에 젖는 것은 피하고 싶어서 근처에 있는 정자 처마 밑을 잠깐 이용하기로 했다. 그리고 그곳에서 멍하니 정자 앞 도로를 바라보았다.

'또 할 일이 없어져 버렸네.'

고양이는 언제나 이렇게 아무것도 하지 않는 시간을 보내야 하는 걸까? 타로 모습으로 있어도 나는 역시 보통 고양이와는 거리가 먼 존재인 것 같았다. 빗소리를 제외하면 정자 주위는 고요했다. 가만히 있다 보니 어둑하고 정숙한 분위기에 잠이 솔솔 왔다. 잠에 들 무렵 어디에선가 내가 알고 있는 사람의 목소리가 들렸다.

"무게…… 어디 있어?"

스르르 눈이 떠졌다. 바가지 머리를 한 여자아이가 주변을 둘러보며 지나갔다. 우산은 쓰지 않은 채였고 교복 차림이었다.

'요리코?'

지금은 시계를 가지고 있지 않으니 정확한 시간을 알 수가 없다. 하지만 분명 학교는 아직 수업 중일 터였다. 그런데 어째서 요리코가 이런 곳에 있는 거지? 나는 처마 밑을 나와 요리코의 뒤를 쫓았다.

빗속을 걷고 있는 요리코는 나를 보지 못했다. 여전히 주변을 두리번거리며 무언가를 찾고 있었다.

'설마 나를 찾고 있어?'

요리코의 슬프고 불안한 표정을 보고 있자니, 오래전 기억이 머릿속에 떠올랐다. 확실히 초등학생 때다. 나와 요리코는 그 무렵부터 사이가 좋았지만, 실은 단 한 번 절교했던 적이 있다.

당시 나는 학교에서 왕따 비슷한 처지였다. 왜냐고? 엄마가 나를 버리고 집을 나갔다는 소문이 반에 퍼졌기 때문이다. 초등학생 아이들에게 배려나 관용이 있을 리가 없었다. 원래 무한 게이지 수수께끼 인간으로 반에서 튀는 존재였던 나는 '엄마에게 버림받은 아이'라는 딱지까지 붙어 거의 아웃사이더 상태였다.

반 전체가 그런 분위기였기 때문에 요리코도 좀처럼 내게 가까이 오지 못했다. 그래서 다른 아이와 함께 다니며 나를 피하려고 했다. 참다못한 나는 화를 냈고 울었다. 물론 지금은 요리코의 마음도 이해가 간다. 반 분위기를 무시하고 나와 사이좋게 지내면 요리코도 따돌림당할 수도 있었다. 초등학생 무렵의 요리코는 지금과 달리 낯을 많이 가리고 얌전한 성격이었으므로 무서웠을 거라고 생각한다.

하지만 그때 내게는 요리코의 기분을 생각할 만한 여유 따위는 없었다. 그래서 울며불며 요리코 얼굴에 대고 외쳤다.

"필요 없어! 요리코도 엄마도 필요 없어! 필요 없다고!"

집으로 돌아가는 길에 몇 번이고 **'필요 없어'**를 반복하면서 나는 요리코 앞을 달려 지나갔다. 그때 요리코가 아무것도 하지 않고 나를 내버려 두었다면 우리는 바로 절교했을 것이다. 그러나 요리코는 그렇게 하지 않았다. 눈물 섞인 목소리로 사과하면서 나를 쫓아왔다.

"기다려! 무게. 난 필요해, 무게가 필요하다고! 그러니까 미안해! 미안해, 허어어엉."

아마 요리코와 내가 진짜 친구가 된 것은 그 사건 이후부터였다고 생각한다. 그리고 지금 요리코의 목소리는 애달피 울던 예전과 조금 비슷했다.

계속 걸으면서 요리코는 다시 내 이름을 불렀다.

"무게……."

그때였다. 노란 경차가 가까이 다가왔다. 낯익은 차다. 운전석을 보니 담임인 구스노키 선생님이 핸들을 잡고 있었다. 선생님은 차를 요리코 옆에 세우고 운전석 창문을 내렸다.

"후카세, 찾았잖니."

"죄송합니다."

창에서 얼굴을 내민 구스노키 선생님에게 요리코가 바로 사과했다. 혹시 요리코가 학교 수업을 빠지고 나온 걸까. 그러고 보니 아까 아빠가 내 일로 학교에 연락했다는 이야기를 했던 것 같다.

구스노키 선생님은 요리코를 꾸중하지 않았다.

"사사키는 아직 못 찾았니?"

"네……."

"그렇구나……. 이후는 부모님께 맡기고 우린 학교로 돌아가자꾸나."

그 말을 들은 요리코는 망설이는 듯했지만, 선생님 말에는 반항하지 못했다.

"네."

"히노데는?"

"역 부근을 찾아본다고 갔어요."

"처음에 말을 꺼낸 게 히노데냐? 사사키 찾으러 가자고."

"아, 아니요."

"걱정하지 마라. 화난 게 아니니까. 그저 조금 의외라서."

'어?'

가까이서 듣고 있던 나는 꼬리를 위로 빳빳이 세웠다. 히노데가 나를 찾고 있다고? 정말로?

점심때 시작된 비는 저녁 이후 본격적으로 내리기 시작했다. 창문 유리에 무수한 빗방울이 달라붙었다.

그 후, 나는 히노데의 집으로 향했다. 역시 구스노키 선생님 차에 타고 간 요리코의 뒤를 쫓는 것은 무리였기 때문이다. 역으로도 가 보았지만 히노데는 만날 수 없었다.

히노데 집에 어머니와 누나는 없었다. 외출한 듯했다.

공방도 오늘은 아무도 쓰지 않는 모양으로, 할아버지는 본채 거실에서 무언가를 쓰고 있었다. 내가 거실 창가에서 바깥의 잿빛 하늘을 올려다보고 있자, 할아버지가 쓰던 것을 멈추고 내게 말을 걸었다.

"겐토가 돌아올 시간인가 보구나."

돌아본 나는 한 번 울었다.

"야옹."

사실은 '네, 이제 금방 올 것 같아요'라고 말하고 싶었지만 타로의 몸으로는 사람의 말을 할 수 없으니까. 그래도 할아버지는 엷게 미소 지었다.

"하하하. 너 정말로 겐토를 %$@#."

'어라?'

나는 고개를 갸웃했다. 할아버지의 말끝이 묘하게 들렸다. 마치 라디오 주파수가 갑자기 어긋난 것처럼 잡음이 섞이고 알아듣기 힘들었다. 나는 창문에서 떨어져 할아버지에게 가까이 다가갔다.

"야옹야옹?"

이번 울음소리는 '할아버지, 잘 못 들었는데 다시 한번 말해 주세요'라는 뜻이었다. 할아버지는 웃으며 내 머리를 쓰다듬었다.

"어이, 난 네 밥은 뭘 주는지 모른단다."

'아니, 그게 아니라요.'

하지만 내가 한 번 더 소리를 내려 했을 때, 현관문이 덜컹거리며 열리는 소리가 들렸다.

"할아버지, 다녀왔습니다."

"어서 오너라."

"엄마는 아직 안 오신 것 같은데…… 어, 타로?"

거실에 얼굴을 들이민 히노데의 눈이 내게 향했다. 나는 그 얼굴을 본 것만으로 조금 기분이 들떠서, "야옹" 하고 기쁘게 대답했다. 그렇지만 나와 달리 히노데는 다른 일에 마음을 뺏긴 듯했다.

시선을 내게서 할아버지에게 돌리고, 어쩐지 다급한 기색으로 말했다.

"아, 저 지금 나갈 건데 엄마한테 잘 전해 주세요."

"알았다."

할아버지가 천천히 고개를 끄덕였다. 히노데도 마주 고개를 끄덕이고는 우산을 들고 다시 밖으로 나가려 했다. 나는 당황해서 뒤를 쫓아, 히노데의 어깨에 올라탔다.

"엇?"

히노데가 놀란 얼굴을 했다. 하지만 바로 미소 지었다.

히노데는 내 턱 아래를 살살 긁으며 말했다.

"타로는 찾을 수 있을지도 모르겠네."

세차게 내리는 빗속에서 히노데는 여러 장소로 향했다. 근처 공원, 편의점, 전철역, 도서관과 카페, 패밀리 레스토랑. 나를 어깨에 태운 채 세 번째 편의점을 밖에서 들여다본 히노데는 작게 중얼거렸다.

"대체 어딜 간 거야."

설마 내가 없어진 게 큰일이 되었나? 하긴 생각해 보면 그럴 만도 했다. 그렇게 집을 뛰쳐나가 사라졌으니까. 하지만 요리코는 그렇다 쳐도 히노데까지 나를 찾고 있는 것이 조금 이상하게 느껴졌다.

딱 질색이라고 했으면서. 아니면 그건 진심이 아니었던 건가? 그 말이 전부 진짜로 다 진심은 아니었던 거야? 없어진 나를 걱정하고 빗속에서 찾을 정도라면, 히노데도 나를 신경 쓰고 있는 걸까?

가슴 안쪽부터 솟아나는 마음을 히노데에게 전달할 방법이 지금의 내게는 없다. 우산에서 얼굴을 내밀고 머리 위를 올려다보자, 잿빛을 띠고 있던 하늘이 더 어두워졌다. 시간은 이제 밤에 가까웠다. 그래도 히노데는 집에 돌아가려고 하지 않았다. 하지만 내가 있을 만한 곳을 전혀 짐작할 수 없는 모양으로, 어디를 가야 할지 알 수 없는 상태가 되었을 때 결국 히노데의 발이 멈추었다.

그곳은 요전에 축제가 열렸던 신사 근처의 주차장이었다. 후드득후드득 계속 내리는 비에, 지면은 완전히 젖어 있었다. 유일하게 주차장 구석에 있는 가로수 아래만이 앉을 수 있는 정도로 말라 있었다. 우산을 쓴 히노데는 가볍게 한숨을 쉬고 나무뿌리를 둘러싼 블록 위에 앉았다.

나를 무릎 위에 올리고 히노데는 작게 중얼거렸다.

"나 정말 그 녀석에 대한 건 아무것도 모르는구나. 항상 어디서 노는지, 뭘 좋아하는지, 고민은 뭔지, 어떤 걸로 괴로워하고 있는지. 그 녀석…… 내 앞에선 항상 애써서 웃고 있었던 거야."

비는 그치지 않았다. 히노데의 조용한 목소리가 빗소리에 섞여 녹아 들어갔다.

"그 녀석에 비하면 나 따윈 정말 보잘것없는 놈이야."

그렇게 말한 후 고개 숙이고 있던 히노데의 표정이 조금 바뀌었다. 뭔가 깨달은 것처럼 시선이 올라가더니 다시 입을 열었다.

"그래. 그 녀석에게 특별하지 않게 보이는 게 무서웠던 거야."

우리를 빗방울에서 보호하던 우산의 위치가 조금 어긋났다. 우산을 들고 있는 히노데 손에서 힘이 빠진 것 같았다. 내 머리는 젖지 않았지만 히노데는 머리에 비를 그대로 맞고 있었다. 하지만 히노데는 우산을 다시 잡으려고 하지 않았다.

"사과해야 해, 꼭. 돌아오겠지……."

'히노데.'

나는 무심코 히노데의 무릎에 내 앞발을 올리고 얼굴을 가까이 댔다.

'나는 히노데에 대해서 잘 알고 있어. 가족을 생각하는 것도. 친구들을 생각하는 것도. 동물을 좋아하는 것도. 그래서 좋아하는 거야.'

역시 말은 나오지 않는다.

"무게……."

비 오는 하늘을 올려다보며 히노데가 다시 말했다.

"나, 그 녀석에게 더 %&^#%#@$……."

'응?'

어, 어라? 또다. 아까 히노데의 할아버지와 함께 있었을 때 일어났던 현상처럼 히노데가 하는 말 일부를 잘 알아들을 수가 없었다.

"그 녀석의 편지, W%@T$W^%$%@##$……."

들리는 것은 부서진 라디오 스피커에서 흘러나오는 듯한 노이즈였다. 그 순간, 나는 가면 장수의 말이 떠올라 흠칫 놀랐다.

'이제 넌 영원히 고양이야.'

생각해 보면 고양이는 인간과 직접 대화를 나누지 않는다. 나름대로 의사소통이 가능한 걸까, 하고 생각하는 순간은 있어도 서로 말하는 바를 완전히 이해하지는 못한다. **설마 이것이 진짜 고양이가 된다는 걸까?** 가면 장수는 내가 아직 완전한 고양이가 되지는 않았다고 했다. 그러나 시간문제라고도 했다.

실패다. 타로로서 살면, 이제 히노데에게 미움받을 걱정은 없다. 하지만 히노데가 무게를 걱정하며 찾는 걸 보니 내 얼굴에서 인간 가면이 벗겨지기 전에 충분히 대화를 나누는 게 좋았겠다는 생각이 든다. 나는 이제 신경 쓰지 말라고.

"야옹……."

저질러 버렸구나. 또 실패했어. 역시 다시 한 번, 한 번만이라도 좋으니까 원래의 무게로, 인간으로 돌아가고 싶다. 전하지 못했던 중요한 것을 히노데에게 확실하게 전하고 싶다.

그러나 히노데 무릎 위에서 멍하니 생각하던 나는 깨닫지 못했다. 내가 얼마나 돌이킬 수 없는 일을 저질러 버렸는지를. 그 무거움을 말이다.

2

수일째 내린 비가 완전히 그치고, 아침 해가 눈부시게 떴다.

"안녕."

"어, 안녕."

흰 교복을 입은 도코나메 기타중학교 학생들이 곳곳에 있는 물웅덩이를 피해 교문을 통과했다. 계절은 이제 한여름이다. 며칠만 지나면 학기 수업은 끝나고, 여름방학까지 남은 것은 종업식뿐이다. 이번 주말에 여름 축제도 열린다. 타로와 히노데가 처음 만난 그 축제와는 다른 축제다.

등교하는 학생 사이를 기운차게 달리는 여학생의 모습이 보였다. 그 여학생은 가벼운 발놀림으로 교문을 지나쳐, 앞에 걸어가고 있던 요리코를 따라잡고는 기운차게 인사를 건넸다.

"안녕!"

요리코는 흠칫 어깨를 떨고 뒤돌아보았다. 그리고 어딘가 망설이는 것처럼 대답했다.

"안녕."

여학생은 요리코의 떨떠름한 반응을 그다지 신경 쓰지 않는 듯했다.

"앗."

갑자기 소리를 지른 여학생은 달리기 시작했다. 그 앞에는 히노데와 이사미가 나란히 걷고 있었다.

"히노데!"

이름이 불린 히노데는 몸을 굳힌 채 멈춰 섰다. 당장이라도 그 장소에서 벗어날 태세였다. 아마 경계하고 있는 것일 테다. 언제 자신을 덮칠지 모르는 히노데 일출 공격으로부터 엉덩이를 지키기 위해. 하지만 히노데의 경계는 쓸데없는 것이었다.

"안녕."

그 여학생은 들뜬 목소리로 인사만 하고 히노데의 옆을 달려서 그대로 지나쳤다.

"아, 안녕."

조금 멍해진 히노데가 그 뒷모습을 바라보았다.

옆에 있던 이사미가 중얼거렸다.

"가출하고 돌아온 지 사흘째인가. 오늘도 일출 공격을 안 하네."

"응……."

뛰어온 여학생과 달리 천천히 걸어서 히노데의 곁에 온 요리코가 중얼거렸다.

"뭔가 이상한데."

이사미가 멈춰 선 히노데를 향해 물었다.

"역시 편지 쇼크가 아직 가시지 않은 거 아냐? 너, 사과 했지?"

"응."

히노데가 고개를 끄덕였다.

셋의 눈앞에 있는 여학생, 즉 사립 도코나메 기타중학교 2학년 사사키 미요는 이미 신발장 앞까지 가 있었다.

그런데…… 잠깐만. 저게 사사키 미요 혹은 무게라고 하면, 여기에 있는 나는 누구야?

"꺄, 귀여워! 어디 사는 고양이니?"

별안간 가까이에서 탄성이 들렸다.

"야옹?"

교문 그늘에서 안쪽을 살피고 있던 나는, 그제야 내가 주목받고 있다는 것을 깨달았다. 내 주위를 등교하던 학생들이 둘러싸고 있었다.

"최근에 이 근처에서 자주 보네."

"이리 와 봐, 응?"

"아, 이쪽 봤다!"

"털 고운 것 좀 봐, 마시멜로 같아."

큰일 났다. 뭐가 큰일이냐면, 아무튼 여러 가지로 큰일 났다. 나는 당황해서 달려 나와, 우선 그 장소를 벗어났다.

학기 말이어서 언제나처럼 정해진 시간에 수업을 하는 것은 오늘까지다. 교실에서 교과서를 한 손에 든 구스노키 선생님이 칠판에 흰 분필로 무언가를 쓰고 있었다.

"동사 플러스 ing로, 동명사가 된다."

분필을 멈추고 선생님은 반 아이들 쪽을 바라보았다.

"자, 첫 번째 줄부터 해석. 사사키."

호명된 '나', 즉 무게는 의자에서 일어나려고도 하지 않고 교과서를 보며 고개를 갸웃했다.

"에…… 고슬고슬한 밥은 싫습니다."

옆자리의 요리코가 노골적으로 "엥?" 하고 놀란 목소리를 냈다. 무게는 얼버무리려는 듯 웃었다.

"아하하, 모르겠어요."

주위 학생들도 따라서 쿡쿡 웃기 시작했다.

'분위기 잘 타네.'

아니, 이런 생각을 하고 있을 때가 아니다. 반복해서 말하지만 나는 확실히 여기에 있다. 교실이 보이는 학교 옆 건물 옥상에. 수업 중에 이런 곳에 있으면 보통은 선생님들이 눈을 부릅뜨지만, 지금 나는 고양이기 때문에 문제없다.

문제인 것은 교실에서 친구들을 웃기고 있는 저 녀석이다. 내 모습을 하고, 내 목소리로 말하는 저 녀석을 처음 마주친 것은 분명 사흘 전 밤이었다.

"어이, 가면 장수! 좀 나와 봐!"

해가 진 후 빗속을 뚫고 노보리가마 광장까지 가서, 가면 장수를 필사적으로 찾았다. 목적은 내 얼굴에서 벗겨진 인간 가면을 돌려받는 것이었다.

마지막으로 만났을 때, 가면 장수는 완전한 고양이가 되기 전에 인간 가면을 쓰면 다시 사람으로 돌아갈 수 있다고 말했다.

고양이 가면을 얻은 지 얼마 안 됐을 무렵, 가면 장수와는 자주 이 광장에서 마주쳤다. 그러니까 이곳에 오면 다시 만날 수 있을지도 모른다고 생각했다.

"가면 장수!"

그러나 어둠 속에서 모습을 드러낸 것은 가면 장수가 아니라, 그 녀석이었다.

"어? 어어어?"

내 얼굴을 하고 내 모습을 한 녀석.

놀라는 내 앞에서 녀석은 아무 말도 하지 않고 엷게 웃더니 그대로 달렸다. 녀석이 향한 곳은 우리 집이었다.

"다녀왔습니다."

집 밖에서 녀석이 소리 높여 외치자, 집 안에서 제일 먼저 가오루 아줌마가 달려 나왔다.

"미요? 요지, 미요가 돌아왔어!"

"뭐라고?"

아줌마의 말을 들은 아빠가 뛰쳐나왔다.

"미요! 다행이다, 무사했구나! 정말 걱정했다고. 무섭지는 않았니?"

아빠에게 안긴 녀석이 대답했다.

"응."

"흠뻑 젖었잖아."

"괜찮아."

"이런, 감기 걸리겠어. 가오루, 목욕물 좀 받아 줘."

"아, 지금 바로 준비할게."

"부탁해. 목욕한 다음에는 @%##$#^#%&%#."

"@!@%$%^%&$."

그다음부터는 히노데와 이야기했을 때처럼, 아빠와 아줌마의 말이 들리지 않게 되었다. 하지만 중요한 것은 그게 아니었다. 아빠와 아줌마에게 둘러싸여 집으로 들어가는 그 녀석은 딱 한 번 고개를 돌려 뒤에 있는 나를 보았다. 그리고 빙긋 웃어 보이며 입술을 움직였다.

고, 마, 워.

녀석은 다시 고개를 앞쪽으로 돌렸다. 시선을 돌리는 그 방식이 어딘가 익숙했다. 나는 필사적으로 기억을 더듬었다. 그리고 마침내 떠올렸다. 같은 집에 살면서도 나에게는 눈길조차 주지 않았던 에메랄드빛 눈동자를.

예전에 가면 장수가 했던 말이 기억났다.

"고양이가 되고 싶은 인간에겐 고양이 가면을, 인간이 되고 싶은 고양이에겐 인간 가면을 파는 게 내 일이란다."

하교를 알리는 종이 울렸다.

"아, 미안, 미안."

성의 없이 사과하고 웃는, 내가 아닌 무게 뒤쪽으로 멀리 바다가 보였다. 가짜 무게는 학교 옆을 곧게 지나가는 보도를 요리코, 히노데, 이사미와 함께 걷고 있었다.

"원래 다 함께 돌아갔지. 깜박했어."

녀석은 벨이 울리고 특별 활동 시간이 끝나자마자, 히노데와 이사미는 둘째 치고 요리코까지 그냥 내버려 둔 채 혼자서 돌아가려고 했던 것이다. 물론 진짜 나라면 절대로 그러지 않았을 거다.

그리고 마음에 걸리는 것이 또 하나. 히노데나 요리코, 이사미가 하는 말을 듣기 어려워지는 순간이 있었다. 곳곳이 잡음이 돼 버렸다. 하지만 다른 사람을 제외한 저 가짜 무게의 말은 이상하리만치 선명하게 들린다.

앞서 걸어가는 가짜 무게에게 요리코가 걱정스러운 얼굴로 물었다.

"무리하는 거 아니지?"

"전혀!"

아무 일도 없었다는 듯이 대답하는 가짜 무게와 도로 옆 덤불 속에 숨어 있던 내 눈이 마주쳤다. 가짜 무게는 눈을 반달로 접으며 웃었다. 그러고는 뒤돌아 히노데에게 말했다.

"저, 히노데. 나 오늘 히노데 집에 놀러 가도 돼?"

"뭐? 갑자기 무슨 소리야?"

"히노데네 가고 싶어."

가짜 무게는 히노데 등 뒤로 돌아가 응석 부리듯이 히노데의 등에 뺨을 가까이 댔다.

"밥도 같이 먹고, 잠도 같이 잘까?"

'저게 뭐라는 거야?'

덤불에 있던 나는 뱃속이 뒤집힐 정도로 깜짝 놀랐지만, 그건 히노데와 요리코도 똑같았던 모양이다.

"쫌!"

"뭐야? 이게 무슨 짓이야?"

큰 소리를 내고 히노데는 가짜 무게에게서 떨어졌다.

"안 돼?"

"안 된다기보단…… 갑자기 왜 이러는지 모르겠다고! 걱정하는 게 아니었어. 이사미, 가자."

조금 뺨을 붉어진 히노데는 내뱉듯이 말하고는 잰걸음
으로 걷기 시작했다. 이사미는 바로 뒤를 쫓으려 하지 않
고 옆에 있던 요리코를 돌아보았다.

"역시 무한 게이지 수수께끼네. 여전히 친구인 후카세
정말 대단해."

"고마워……."

가짜 무게와 요리코는 언제나 헤어지던 갈림길 앞에
섰다.

"그럼 안녕."

"안녕."

가짜 무게는 가볍게 손을 흔들어 보이고는 요리코와
헤어졌다. 요리코는 인사는 했지만 잠시 가짜 무게의 뒷
모습을 바라보았다. 가짜 무게는 돌아보지 않았다. 나는
요리코의 뒷모습을 한 번 보고 바로 가짜 무게를 쫓아갔
다. 정확히는 집 근처 담벼락을 타고 앞서갔다. 그리고 담
벼락에서 내려와 오르막길 중간에 버티고 섰다.

나를 보고 가짜 무게도 멈춰 섰다. 가짜 무게는 또다시
나를 향해 웃었다.

"어머, 귀여운 고양이네."

역시 다른 인간과는 다르다, 이 녀석은.

"네 말은 들리네."

내가 중얼거리자, 그 아이는 재미있다는 듯이 고개를 끄덕였다.

"나 아직 반은 고양이거든."

히노데나 요리코와 이야기할 때랑은 미묘하게 다른 억양과 말투였다. 게다가 나를 예전부터 알고 있는 듯한 뉘앙스에 확신이 들었다.

이 가짜 무게의 정체는…….

"기나코…… 맞지?"

"정답."

별로 감출 생각이 없는지 가짜 무게, 아니 기나코는 내 질문에 즉시 대답했다. 내 얼굴을 하고선 재미있다는 표정으로 날 보고 있었다. 나는 한 발짝, 두 발짝 기나코에게 다가갔다.

"있잖아, 기나코. 나 다시 인간으로 돌아가고 싶어. 내 얼굴을 돌려줘."

지금 기나코는 분명 내 인간 가면을 쓰고 있다. 가면 장수의 말과 맞춰 보면 고양이에서 인간으로, '나'가 된 것이다. 그 이외에는 생각할 수 없다.

내 부탁을 듣고 기나코는 "으응?" 하고 시치미를 뗐다.

나는 한마디를 더 덧붙였다.

"히노데가 무슨 말을 하는지 못 알아듣겠어."

"거의 고양이가 된 거네."

기나코는 웃으며 내 옆을 지나쳐 오르막길을 다시 오르기 시작했다. 춤추는 듯한 걸음걸이로 내게서 멀어져 갔다. 완전히 멀어지기 전 기나코가 덧붙여 말했다.

"괜찮아, 네 소원은 꼭 이뤄 줄게! 반드시 히노데와 사귀어 줄 테니까."

"기다려!"

나는 당황해서 기나코의 뒤를 쫓아갔다.

"기나코는 그걸로 괜찮아? 기나코!"

3

우리 집에서 그리 멀지 않은 곳에는 기타조라는 이름의 꽤 큰 공원이 있다. 지금은 여름이라 인적이 드물지만, 봄에는 벚꽃이 예쁘게 피어서 꽃놀이 오는 사람들로 붐비고는 했다. 공원에는 호수가 있어 호수 주변을 둘러싸듯이 울타리와 산책로가 만들어져 있다.

내 모습을 한 기나코는 집으로 곧장 가지 않고 이 공원으로 향했다. 뒤쫓아 온 나를 데리고 산책로 울타리 위를 평균대 위처럼 거침없이 걸었다. 마치 인간이 아니라 몸이 가벼운 고양이처럼 보였다.

울타리 위에서 멋지게 균형을 잡은 기나코가 말했다.

"사실 고양이인 편이 마음 편하고 좋지만 말야."

나도 기나코처럼 울타리 위로 올라갔다.

"그런데 왜?"

"그건 그 사람을 위해서야."

"그 사람이라니? 아……."

단정하지만 조금 우울해 보이는 얼굴이 내 뇌리를 스쳤다.

"가오루 아줌마?"

기나코는 진지한 표정으로 고개를 끄덕였다.

"그 사람은 나를 행복하게 해 줬어. 나는 그 사람이 행복해하면 좋겠어."

이번에는 다른 기억이 내 머릿속에 떠올랐다. 우리 집에서 즐겁게 뒹구는 아줌마와 고양이 기나코. 내가 집에 있을 땐 항상 내게 신경 쓰는 것처럼 보였지만, 유일하게 기나코와 함께 놀고 있을 때만은 자연스럽게 웃는 얼굴을 보이고는 했다. 아마 그게 아줌마의 진정한 미소였을 것이다.

"고양이와 사람은 수명이 달라. 고양이는 사람만큼 오래 살 수가 없어."

울타리 위를 걷던 기나코가 가벼운 발걸음과는 반대로 무거운 슬픔을 내보였다.

"기나코가 이 세상에서 사라져도 가오루가 계속 행복하게 살 수 있도록, 너는 고양이의 삶을 살아. **난 너 대신 가오루의 자식으로 살게.**"

멍하게 이야기를 듣고 있던 내 눈이 저절로 커졌다. 아, 그렇구나. 그랬던 거구나. 하지만…….

"싫어!"

난 외쳤다.

"싫어, 싫어, 싫어! 난 계속, 계속 히노데하고……."

기나코가 차가운 목소리로 말했다.

"이제 와서 그런 말 해 봤자 소용없어."

내 앞을 걷고 있던 기나코가 발을 멈추고 고개를 뒤로 돌려 나를 내려다보았다. 그 눈초리에 소름이 돋았다. 그건 확실히 인간의 눈빛이 아니었다. 뭔가 다른 생물의 눈이었다. 게다가 애정 같은 것은 한 조각도 보이지 않았다.

다음으로 이어진 기나코의 말에 나는 더 크게 충격 받았다.

"네 수명은 나와 가면 장수가 반씩 받기로 되어 있어."

"뭐?"

수명을 반씩 받는다고? 뭐야, 그게. 아니, 잠깐만. 확실히 그런 이유가 아니면 기나코가 내가 될 필요가 없었겠지. 기나코의 목적은 아줌마 옆에 오래도록 남아 있는 거니까. 기나코와 가면 장수에게 인간으로서의 내 수명을 뺏긴다면, 혹시 나는 이제 고양이 타로의 수명이 다할 때까지만 살 수 있다는 건가?

나는 다시 한번, 가느다란 목소리로 말했다.

"싫어……."

기나코의 차가운 눈빛은 바뀌지 않았다.

"어떻게 하면…… 돌아갈 수 있어? 가면 장수는 어디 있어?"

"그 녀석은 보통 저 건너편에 있어."

"저 건너편? 그게 어딘데? 어떻게 갈 수 있어?"

계속 묻자 기나코가 날카로운 표정을 거두고, 재미있다는 듯이 나를 보며 울타리 위에 쪼그려 앉았다. 그러더니 울타리 옆에 있는 산책로를 가리켰다.

"고양이라면 보일 텐데."

기나코의 손가락이 향하는 쪽으로 시선을 돌린 나는 눈을 의심했다. 산책로 한가운데를 가로지르는 것처럼 이상한 모양의 띠가 떠 있었다. 길 끝까지 이어져 있는 빨간 띠. 띠의 색이 유달리 진해서 마치 피가 흐르는 강처럼 보였다.

"뭐야, 이게 길이야?"

"이게 보이면 이제 넌 거의 고양이가 되었단 뜻이야."

기나코는 웃으면서 둥글게 말았던 허리를 쭉 폈다. 그리고 몸을 틀어 날듯이 달리기 시작했다.

"기, 기다려!"

반사적으로 쫓아가려다가 울타리에서 발을 헛디딜 뻔했다.

"앗."

"축제 날이 기대되네!"

"축제?"

내 말은 이미 기나코에게 들리지 않는 것 같았다. 내가 자세를 바로잡으려고 애쓰는 사이, 기나코는 사라졌다. 하얀 교복을 입은 뒷모습이 순식간에 멀어지는 것을 나는 멍하니 바라보았다. 그리고 다시 산책로 위로 뻗은 새빨

간 띠에 눈을 돌렸다.

'저 건너편.'

이게 가면 장수가 있는 장소로 이어지는 길이란 거지? 가 볼 수밖에…… 없겠지.

예상 외로 길은 공원에서 끊어지지 않았다. 그늘진 곳에 있는 산길, 쇼핑객들이 이용하는 횡단보도, 택배 트럭이 서 있는 카페 앞으로 계속 이어졌다. 갈림길도 없는 외길이었다. 게다가 차가 많이 다녀서 인도가 없는 도로를 피해 다녀야 했다. 왠지 진짜 길고양이가 다니는 산책로 같았다.

나는 빨간색 융단이 깔린 듯한 길을 따라 더듬어 올라갔다. 도착한 곳은 뜻밖의 장소였다.

"여긴……."

눈앞에는 긴 돌계단이 있었다. 계단 저쪽은 무성하게 우거진 나무들이 가려서 잘 보이지 않았지만, 위에는 근사한 '신메이 신사'가 있을 터였다.

확실히 모레 이곳에서 여름 축제가 열린다고 들었다. 기나코가 말했던 축제는 것은 설마 신메이 신사 여름 축제였던 걸까? 빨간 길은 계단 위까지 이어졌다. 계단을 올라가 보니 빨간 길은 신메이 신사로 향하지 않고 직각으로 숲속을 향해 꺾여 있었다.

나는 더 신중하게 그쪽으로 나아갔다. 주위의 우거진 잡초는 타로인 나라면 손쉽게 몸을 숨길 수 있을 정도로 컸다. 바스락거리며 잡초를 헤치고 나아가다 문득 시야가 넓어졌다. 절벽이었다. 깎아지르는 절벽 위로 하늘이 보였다. 그 밑으로는 도코나메 시내가 한눈에 내려다보였다.

절벽 근처에서 끊긴 빨간 길 끝에는 묘한 물건이 놓여 있었다. 이제까지 따라온 길과 똑같은 도리이(신사 입구에 있는 빨간 기둥으로 이루어진 구조물)였다. 그러나 신메이 신사 입구에 있는 진짜에 비하면 매우 작은 도리이였다. 색도 약간 달랐다. 뭐랄까, 어떻게 봐도 사람은 그 아래를 통과할 수 없어 보였다. 고양이나 지나갈 수 있을 것 같았다.

"귀여운 도리이네. 고양이용인가?"

도리이의 금줄에 묶인 종이 끈도 보통 신사에 걸린 것과 달리 물고기 모양이었다. 말린 생선을 본뜬 걸지도 몰랐다. 기나코가 말했던 '저 건너편'이란, 여길 말하는 걸까? 누군가에게 물어보고 싶었지만 주변에는 아무도 없었다. 가면 장수도 보이지 않았다.

'혹시 이 도리이를 향해 소원을 빌면 끊긴 빨간 길이 이어지는 걸까?' 하는 생각을 하며, 도리이 앞에 앉아서 가슴 앞에 두 손을 모으고……가 아니라, 앞발을 가지런히 맞대고 눈을 감았다.

"원래의 미요로 돌아갈 수 있게 해 주세요."

그 순간, 하늘에서 익숙한 목소리가 들렸다.

"안 돼, 안 돼, 안 돼~."

나는 흠칫 놀라 눈을 떴다. 뒤로 물러나면서 머리 위를 올려다보았다. 예상대로 기모노를 입은 커다란 삼색 고양이가 도리이 위에 앉아 있었다.

"가면 장수!"

"인간으로 돌아가 봤자 힘든 일뿐이라고. 빨리 고양이답게 엉덩이나 핥으렴."

가면 장수는 노란 눈동자를 빛내며 언제나처럼 수상쩍은 웃음을 흘렸다.

"히노데의 고양이가 되라고."

그 말을 무시하고, 알고 싶은 것을 직접 가면 장수에게 물었다.

"저 건너편이라는 게 뭐야? 그리고 축제는 무슨 말이고!"

"후후."

웃으며 도리이에서 뛰어내린 가면 장수는 공중에서 모습을 바꾸었다. 기모노를 입고 사람처럼 두 다리로 걷는 고양이의 모습에서, 커다랗고 통통한 삼색 고양이로. 나는 변한 가면 장수를 향해 뒷걸음질하며 말했다.

"기나코가 말했어. 내 모습으로 변한 기나코가!"

"다음 여름 축제 날이 오면, 너는 완전한 고양이가 될 거야."

나는 되풀이해 말했다.

"여름 축제."

가면 장수는 "우후후" 하고 수상쩍게 웃으며 내게 등을 돌리고 도리이를 향해 네발로 성큼성큼 걸어갔다.

'어?'

나는 무심코 눈에 힘을 주었다. 말도 안 돼. 지금 눈앞에 보이는 걸 믿을 수가 없었다. 등 뒤에 있던 고양이용 도리이를 통과한 가면 장수의 **커다란 몸뚱어리가 허공에 떠오른 것이다.** 마치 가면 장수는 그곳에 보이지 않는 계단이 있는 것처럼 공중을 걷더니 절벽 저편부터는 하늘로 걸어 올라갔다.

"뭐야?"

나도 도리이 아래를 지나, 절벽까지 나아갔다. 역시 그곳에는 아무것도 없었다. 그런데도 가면 장수는 뚱뚱한 몸을 흔들면서 허공을 걸어갔다.

"기다려! 나…… 나, 정말 다시 인간으로 돌아가고 싶어! 돌아가서 히노데에게 쭉 말하지 못했던 걸 이야기하고 싶어!"

아무리 외쳐도 가면 장수는 돌아보지 않았다. 타오르는 촛불이 훅 꺼지는 것처럼, 통통한 뒷모습은 마침내 완전히 내 시야에서 사라졌다.

잠시 나는 꼼짝도 못 하고 서 있었다. 가면 장수의 뒤를 쫓아갈 수가 없었다. 그렇다고 해서 그 장소를 벗어날 수도 없었다. 내가 인간으로 돌아갈 방법을 아는 건 가면 장수밖에 없었다. 그렇다면 여기서 포기하고 도망갈 수는 없다.

그렇게 생각한 순간, 문득 기나코의 말이 떠올랐다.

'고양이라면 보일 텐데.'

'잠깐만…….'

절벽 위에 우뚝 선 나는 눈을 가늘게 떴다. 집중해서 눈앞의 허공을 보았다.

그러자 아무것도 없다고 생각했던 허공이 갑자기 신기

루처럼 일렁였다. 그리고 거대한 나무다리가 희미하게 나타났다. 절벽 위에서 하늘을 향해 뻗어 오른 다리는 언뜻 보기에는 오래된, 지금은 관광지에서나 볼 수 있을 법한 구식 스타일이었지만 만듦새는 튼튼해 보였다.

틀림없다. 아까 가면 장수는 이 다리를 건너간 것이다. 나는 조심조심 나무다리에 발을 디뎠다. 발에 체중을 실을 때는 공포로 몸이 떨렸다. 지금은 다리가 보인다 해도 아까까지는 분명 아무것도 없는 허공이었다. 무섭지 않다면 그게 더 이상하다. 이대로 절벽 아래로 떨어지는 건 아니겠지?

하지만 그런 일은 일어나지 않았다. 신중하게 발을 나무다리에 문지르자, 발바닥으로 나무의 따스한 감촉이 전해졌다. 체중을 실어도 떨어지지 않는다. 안심하고 나는 몸 전체를 다리 위에 올렸다. 그리고 다시 한번 앞쪽, 방금 가면 장수의 모습이 사라진 지점에 정신을 집중했다.

갑자기 무언가가 보이기 시작했다.

"어어? 저게 대체 뭐야?"

제일 먼저 눈에 들어온 것은 태어나서 본 적도 들은 적도 없는 거대한 나무였다. 아니, 그저 거대한 나무라는 간단한 말로 표현해도 될까 싶었다. 30층 빌딩도 훌쩍 웃돌 정도로 키가 컸다. 이 세상에 존재할 리가 없는 나무다. 하늘을 향해 울창하게 우거진, 너무나도 큰 수목은 저 멀리 비치는 태양빛을 후광처럼 두르고 있었다.

게다가 이상한 것은 나무뿌리가 공중에 그대로 노출돼 있다는 점이었다. 구불구불 뻗어 나온 뿌리 틈에서 태양빛과는 약간 다른 빛이 새어 나오고 있었다. 자세히 보니 집에서 새어 나오는 빛이었다. 옆으로 넓게 퍼진 나무뿌리 안에 마을이 있었다. 마치 거목이 성이고, 그 성을 중심으로 마을이 퍼진 것 같았다. 보고 있는 내 눈과 머리를 의심하게 하는 광경이었다. 하지만 발아래에 나를 받쳐 주는 나무다리가 있으니, 다리 저편에 보이는 거목과 마을의 존재도 부정할 도리가 없었다.

가면 장수는 저 마을 어딘가에 있다. 그렇다면…….

"갈 수밖에 없지!"

나는 각오를 다지고 다리 위를 걷기 시작했다.

기나코의 세계 ④

지능을 가진 생물이라면 높은 확률로 자신이 나름 똑똑하다고 생각하기 마련이다. 이는 자만심과는 또 다른 차원의 이야기로, 어떤 일에 우선순위를 매겨 처리할 수 있는 수준이면, 어느 정도 스스로 생각이 깊다고 여기기 쉽다. 사람도 고양이도 생각하는 동물이다. 지혜의 열매를 먹은 순간부터 짊어져야 할 업일지도 모른다.

　그리고 자신이 고른 길이 막다른 길이라는 것을 알았을 때, 처음으로 깨닫게 된다. 나는 정말로 어리석었다고.

　2층 침대 아래에서 미요의 모습을 한 기나코는 가만히 무언가를 기다리고 있었다. 고양이처럼 양손을 둥글게 하고 엎드린 기나코 앞에는 인간 문명의 산물인 스마트폰이 놓여 있다. 바로 어제, 미요의 아빠 요지가 사 준 것이다.

드디어 기나코 앞에서 스마트폰이 고리타분한 착신음을 내며 울리기 시작했다.

"우왓! 이럴 때는 어떻게 해야 하지?"

기나코는 허둥지둥 스마트폰을 손에 들었다.

"이, 이건가?"

화면을 조심조심 터치하고 귀에 대 본다. 스마트폰에서 미요의 친구, 후카세 요리코의 목소리가 흘러나왔다.

"여보세요."

"야오…… 네네."

"스마트폰은 이제 익숙해졌어?"

"아니, 아직."

"대체 언제 적 사람이야?"

수화기 저편에서 요리코가 킥킥 웃었다.

"참, 무게. 오늘 축제 말인데."

"축제?"

"이사미한테 전화가 와서 말이야. 히노데하고 너까지 넷이서 가지 않겠냐고 해서."

"축제라……."

"어쩔래?"

"으음, 가오루 씨랑 갈까나."

"어, 그래? 엄마는 괜찮으시대?"

"번호 안 가르쳐 줬어."

"그렇구나."

그 후로 몇 마디 더 영양가 없는 이야기를 나누고 난 뒤, 전화는 끊겼다. 후, 하고 한숨을 쉰 기나코는 침대 밑에서 살금살금 기어 나왔다.

미요의 방에서 지내기 시작한 지 어느 정도 시간이 흘렀지만, 기나코는 아직도 인간 생활에 전혀 익숙해지지 못했다. 앞으로 계속 이럴지도 모른다.

스마트폰을 옷 주머니에 넣고 기나코는 방을 나왔다. 1층으로 내려가니 가오루가 현관에 있었다. 기나코는 바로 말을 걸려다 입을 다물었다. 현관문은 조금 열려 있었고 발치에는 사료가 가득 담긴 고양이용 밥그릇이 놓여 있었다.

가오루는 열린 현관 문틈 사이로 밖을 바라보고 있었다. 근심에 찬 어두운 옆모습을 보니 기나코의 가슴이 찌릿 아파 왔다.

"아줌마, 괜찮아요?"

목소리를 가다듬은 기나코가 말을 걸자, 그제야 인기

척을 느낀 가오루가 천천히 뒤를 돌아보았다. 그리고 엷게 웃어 보이면서 말했다.

"아, 미요. 나가니?"

"네."

"그렇구나."

멍하니 고개를 끄덕이면서 가오루는 그 자리에 몸을 웅크렸다. 시선은 다시 기나코를 떠나 아래로 옮겨졌다. 가오루가 가만히 바라보고 있는 것은 사료가 담긴 플라스틱 그릇이었다.

가오루가 여전히 힘없는 목소리로 말했다.

"기나코가 오늘도 돌아오질 않네……. 이렇게 돌아오지 않았던 적이 없었는데. 나는 잊어버려도 좋으니까 제발 건강하게 있기만 했으면 좋겠어."

기나코를 그리워하는 마음이 가오루의 얼굴에 가득했다. 기나코가 가만히 있자, 가오루는 신발을 신고 현관 밖으로 나갔다.

"잠깐 찾아보고 올게."

달칵하고 현관문이 닫혔다.

남겨진 것은 공허한 정적이었다. 기나코는 계속 발아래를 바라보았다. 그러다 튕겨 나가듯 뛰어가 가오루의 뒤를 쫓아갔다.

"가오루!"

"응?"

현관문을 열고 나가 보니 가오루는 벌써 대문 밖으로 나가고 있었다. 별안간 이름으로 불려서 놀랐는지, 눈을 동그랗게 뜨고 기나코를 쳐다봤다.

기나코가 조금 목소리를 낮추어, "아줌마" 하고 호칭을 정정하며 말했다.

"기나코는 아줌마를 잊거나 하지 않아요. 기나코는 아줌마와 있을 때가 제일 행복하니까. 아줌마를 아주 좋아하니까."

진지한 말이었다. 하지만 마음과 달리 말에 담긴 진심은 가오루에게 전달되지 않은 모양이었다. 당연하다. 이 말을 한 것은 고양이 기나코가 아닌, 가오루와 기나코가 함께 살아온 시간을 알지 못하는 사사키 미요이기 때문이다. 적어도 가오루는 그렇게 생각할 수밖에 없었다.

"그럼 좋겠네. 고마워."

애매한 미소를 띤 채 건성으로 대답한 가오루는 어디론가 서둘러 달려갔다.

"가오루."

기나코는 다시 고개를 숙이고 입술을 깨물었다.

'난 대체 무엇을 잘못한 걸까?'

지금에 와서야 사라진 늙은 고양이의 말이 새삼스럽게 기나코의 가슴을 찔러 왔다.

'그렇게 가지고 싶은 게냐, 눈에 보이는 행복이란 것이.'

눈에 보이는 행복만을 좇아, 눈에 보이지 않는 것은 애써 무시하며 살아왔다. 애초에 보이지 않는 것은 소중하게 여기지 않았다. 그 결과, 염원했던 미래는 오지 않고 가슴속의 고통은 여전하다.

'드디어 알았어. 나는 내가 생각한 것보다 더 어리석었던 거야.'

하지만 다시 한번 생각해 볼 수 있다.

잃어버린 것을 되찾기 위한 기회는 아직 남아 있다.

기나코가 직접 그 집에 가는 것은 처음이었다. 그 부근은 다른 고양이의 영역이었기 때문이다. 그러나 지금은 인간의 몸이니 고양이 사회의 규칙에 얽매이지 않아도 된다. 고양이로 변신한 미요는 영역을 전혀 신경 쓰지 않고 마음대로 돌아다녔지만, 그것은 명백한 룰 위반이었다. 얼룩이에게 혼이 나도 어쩔 수 없다.

가는 것은 처음이었지만 장소는 대충 알고 있었다. 기나코는 금방 도자기 공방에 인접한 목조 주택에 도착했다. 인간이라면 현관에서 인사를 하고 들어가겠지만 번거로운 과정이 귀찮았던 기나코는 목조 주택의 뒤편으로 돌아갔다.

1층에 있는 목표물의 방을 창밖에서 엿보았다. 방 주인은 누군가와 이야기하는 듯했다.

"겐토, 오늘 축제에 같이 가자. 그리고 사카구치 씨도 같이 가자고 해."

"응? 나 친구랑 갈 건데?"

"그럼 말만 해 주고, 나중에 갑자기 약속이 생겼다고 하면 되지."

"사카구치 씨랑 같이 가고 싶으면 누나가 직접 말해."

"에이, 안 해 줄 거면 말아. 할 수 없지. 할아버지한테 부탁해 봐야겠네."

대화를 끝내고 상대방은 방문을 닫고 나갔다. 방 주인, 즉 히노데 겐토는 질렸다는 듯 목을 움츠리고는 손에 들고 있던 스마트폰으로 눈길을 돌렸다.

"그 녀석, 안 오는 건가⋯⋯."

히노데는 중얼거리며 무심코 창문으로 눈을 돌렸다. 당연히 창밖에서 안쪽을 엿보고 있던 기나코와 눈이 정통으로 마주쳤다.

"우왓! 뭐 하는 거야, 너?"

"묻고 싶은 게 있는데."

기나코는 히노데가 놀라건 말건 신경 쓰지 않았다.

히노데는 잠가 놓은 창문을 열면서 말했다.

"무슨 일이야? 우선 문으로 들어와."

"히노데, 날 어떻게 생각해?"

"뭐? 어떻게라니⋯⋯."

"좋아해?"

"어?"

히노데는 뺨을 붉히며 뒷걸음질 쳤다. 그리고 등을 돌리더니 빠르게 말을 쏟아 냈다.

"무슨 말을 하는 거야! 너 요즘 정말 이상해. 예전엔 그런 말 하는 애가 아니었잖아."

방으로 얼굴을 들이밀던 기나코는 입 속으로 "과연" 하고 중얼거렸다.

"역시 히노데는 눈치채고 있었구나."

"뭘 말이야?"

"내가 진짜가 아니라는 걸 말야."

여전히 등을 돌린 채 히노데가 말했다.

"그게 무슨 소리야?"

그사이 기나코는 살짝 눈을 감고는 그 자리에서 빙글 재주를 넘었다.

"너 말야, 나 놀리려고 온 거면⋯⋯."

히노데가 돌아봤다. 하지만 이미 미요의 모습을 한 기나코는 그곳에 없었다. 사람 가면을 입에 문 갈색 고양이, 진짜 기나코가 히노데를 올려다봤다.

창턱으로 뛰어오른 기나코의 모습을 눈에 담은 히노데는 눈을 크게 떴다. 그리고 얼이 나간 목소리로 외쳤다.

"어어어어어?"

"'어어어어어?'래, 아하하하!"

다시 미요로 변한 기나코는 히노데의 할아버지가 운영하는 공방에서 크게 웃음을 터뜨렸다.

기나코는 히노데가 자신의 정체를 눈치챘다고 생각했지만 사실은 달랐다. 히노데는 기나코의 정체를 전혀 몰랐고 진심으로 놀랐다. 조금 전의 히노데 얼굴을 떠올린 기나코는 도저히 웃음을 참을 수가 없었다.

히노데는 기나코의 폭소를 막지도 못하고 부루퉁한 얼굴로 옆쪽을 바라보았다. 공방에는 히노데와 기나코 둘뿐이었다. 오늘은 쉬는 날이어서 이곳이라면 아무에게도 들키지 않고 이야기할 수 있을 것 같아 이곳으로 기나코를 데려온 것이다.

기나코의 웃음이 잦아들자 히노데가 물었다.

"그럼 넌 이제…… 무게가 아니라도 괜찮아?"

"음."

겐토의 말을 듣고 기나코도 웃음을 눌러 삼켰다. 그리고 순식간에 진지해진 얼굴로 말했다.

"깨달았어. 인간이 고양이 기나코의 대신이 될 수 없다는 걸. 게다가 기나코로서 가오루에게 무척이나 사랑받았다는 것도."

처음 기나코가 미요의 모습을 하고 집으로 돌아왔을 때, 요지뿐 아니라 가오루도 진심으로 기뻐했다. 하지만 가오루의 밝은 얼굴은 그렇게 오래 지속되지 않았다.

지금까지 계속 가오루와 함께였던 기나코가 없어졌기 때문이다.

결국 가오루에게 미요와 기나코는 우열을 가릴 수 있는 존재가 아니었던 것이다. 어느 쪽도 가오루에게 없어서는 안 되는 중요한 조각이었다. 기나코가 천수를 누리고 가오루 앞에서 사라진다면 가오루도 납득할지 모른다. 하지만 기나코는 아직 그런 나이가 아니었다. 헤어짐을 고하기에는 너무 일렀다.

생각해 보면 무척이나 단순하고 당연한 사실을 기나코는 이제야 깨달은 것이다.

"음……. 타로가 무게……. 음……."

기나코가 반성에 빠져 있을 무렵, 히노데는 다른 것을 생각하고 있는 듯했다.

"그러고 보니 둘 다 햇빛 냄새가, 앗!"

갑자기 히노데는 크게 소리를 지르더니 다시 뺨을 붉혔다.

"무게가 먼저 말해 주면 좋았을 텐데."

무엇을 떠올리는지는 모르겠지만 대충 짐작은 갔다.

원래 기나코도 고양이다. 인간은 상대가 고양이라고 생각하면 매우 간단히 무방비한 모습을 보여 준다. 무게인 미요에게 보여 줄 수 없는 히노데의 모습도, 타로인 미요에게는 보여 주었을 것이다. 그리고 그건 히노데뿐 아니라 미요도 마찬가지였다.

집에 있을 때 미요는 가오루나 요지 앞에서는 본심을 드러내지 않고 항상 가면을 쓰고 있었지만, 기나코의 앞에서는 그러지 않았다. 요지나 가오루가 집을 비워 기나코와 미요만 있을 때면, 미요는 웃는 사람 가면이 떨어진 것처럼 본래의 얼굴을 내보이곤 했다. 엄마에게 버림받고 아빠 때문에 낯선 사람을 엄마라고 불러야 하는, 무리한 현실에 짓눌린 여자아이의 얼굴.

"그 아이가 불쌍하긴 하지. 무책임한 부모 때문에 고양이가 되고 싶어 한 거니까."

기나코가 말하자 히노데도 진지해졌다.

"힘들었구나……."

보아하니 히노데도 미요의 가정사를 어느 정도 알고 있는 모양이었다.

"그 애는 누군가에게 사랑받는 자신을 상상할 수가 없는 거야. 부모에게도 그랬으니까."

기나코는 의자에서 몸을 일으켜, 창가에 서 있는 히노데에게 정면으로 다가갔다.

"도와줄 수 있는 건 너뿐이야. 부탁해."

"하지만 도와준다고 해도……."

"히노데라면 할 수 있어."

"왠지 이용당하는 것 같은데."

서로의 숨이 느껴질 정도로 얼굴을 가까워졌다. 기나코가 싱긋 웃자 히노데는 또다시 얼굴을 붉혔다.

사정을 설명하고 기나코가 히노데를 데리고 간 곳은 신메이 신사였다.

"고양이 섬?"

"맞아. 오늘은 섬의 신성수가 눈을 뜨는 날이야. 그 힘으로 인간이 고양이가 되는 거지."

"설명을 들어도 잘 모르겠는데."

기나코를 따라가던 히노데가 곤란한 표정으로 고개를 갸우뚱했다. 하지만 기나코도 더 해 줄 말이 없었다. 무엇보다 자세히 설명할 시간이 없었다. 신메이 신사의 여름 축제는 오늘이다. 이 축제가 최고조에 이를 때 신성수가 깨어난다. 그럼 미요의 몸에서 인간으로서의 수명이 완

전히 빨려 나가 버리고, 미요는 인간으로 돌아갈 수 없게
된다.

돌계단을 다 오른 기나코는 신사 건물로 향하지 않고
울창하게 우거진 풀숲 앞에 섰다. 그리고 히노데를 향해
손을 내밀었다.

"손."

"어? 응."

히노데가 주춤거리면서 기나코의 손을 잡았다.

"여기서부턴 내 손 놓으면 안 돼."

단단히 이르고 기나코는 풀숲으로 들어갔다. 풀숲을
빠져나오자, 도코나메 시내를 한눈에 볼 수 있는 절벽이
나타났다. 다만 이 장소의 절반은 인간 세상이 아니라, 고
양이만 들어갈 수 있는 세계였다.

절벽 끝부분에서는 길고 긴 나무다리가, 저 멀리 앞에
보이는 거대한 나무와 그 뿌리 부분에 자잘하게 반짝이는
빛을 향해 뻗어 있었다.

"이 다리 건너편에 보이는 게 고양이 섬이야."

"다리?"

"괜찮아. 네게 보이지 않아도 내게는 보이니까."

히노데의 손을 잡은 채 기나코는 나무다리에 발을 얹

었다.

"자, 잠깐만. 무슨 말인지 잘, 아야."

기나코에게 끌려가던 히노데는 절벽과 나무다리를 잇는 부분의 턱에 발을 부딪쳤다. 하지만 덕분에 겨우 깨달은 듯했다.

"뭔가 있어."

기나코는 다시 한번 히노데의 손을 강하게 끌어당겨 다리 위를 걷기 시작했다.

"으아아악!"

히노데가 비명을 질렀다. 당연한 일이었다. 반절은 고양이인 기나코의 눈에는 다리가 확실히 보이지만 인간인 히노데에게는 전혀 보이지 않는 데다가, 지금 이 둘은 떨어지면 죽음을 피할 수 없는 높이에 있었다.

머리 위 하늘에는 두꺼운 구름이 낮게 드리워 있었다. 기나코와 히노데가 다리를 건너기 시작하자, 짙은 회색빛 하늘에서 뚝뚝 빗방울이 떨어졌다. 이건 인간 세상에 내리는 비다. 이런 상태라면 오늘 밤 여름 축제는 취소될지도 모른다. 물론 기나코에게는 의미 없는 일이었다. 인간 세계에서 여름 축제가 열리든 말든 신성수는 눈을 뜬다. 그건 고양이 섬의 근본과도 같은 의식이었고, 인간 세상의 축제와는 다른 의미를 지닌 축제였다.

기나코를 뒤따르는 히노데가 앓는 소리를 냈다.

"으으……"

기나코는 더욱 걸음을 빨리했다.

"너도 고양이가 되면 보일 거야."

"무슨 소리인지 모르겠는데."

갑자기 기나코의 옷 주머니에서 단조로운 멜로디가 흘러나왔다. 스마트폰이었다. 기나코는 히노데를 잡지 않은 반대쪽 손으로 스마트폰을 끄집어내 화면을 눌렀다.

익숙한 목소리가 들려왔다.

"여보세요."

"아, 요리코? 안녕."

"무게, 지금 어디야?"

"아, 그게…… 다리."

"엥? 저기 지금 나, 가오루 씨를 봤는데."

"응."

"혼자서 우산도 안 쓰고 고양이를 찾으러 나온 모양이야."

"그렇구나……"

조금 가라앉은 목소리로 대답하자, 요리코는 무언가

이상함을 느꼈는지 잠시 침묵하다가 물었다.

"지금 혼자야?"

기나코는 간단히 대답했다.

"아니. 히노데랑 같이 있어."

"뭐어어?"

엄청나게 놀란 목소리가 스마트폰에서 흘러나왔다. 기나코가 스마트폰에서 귀를 떼야 할 정도의 성량이었다.

"잠깐, 잠깐! 누가 먼저 만나자고 한 거야?"

"누가라니, 내가 했는데?"

"오, 알겠어. 무게, 힘내! 내가 응원할게. 무슨 일이 벌어지든 내일 꼭 얘기해 주기야!"

힘차게 이야기하는 목소리를 듣고 있자니 문득 요리코의 웃는 얼굴이 떠올랐다. 기나코는 힐끔 등 뒤를 돌아봤다. 발밑을 무서워하면서도 기나코의 손을 잡은 채 열심히 따라오는 히노데가 보였다. 기나코의 눈에 히노데는 멋있지도 않고 아무것도 아닌 아이였다. 그런데 그 꼴사나운 모습이 스마트폰에서 들리는 요리코의 목소리처럼 어딘가 따뜻한 느낌이 들었다.

"음, 무게는 행복한 아이구나."

"뭐? 갑자기 무슨 소릴 하는 거야, 너. 아무튼……."

갑자기 잡음이 섞이면서 요리코의 목소리를 알아듣기 어려워졌다. 그대로 전화는 끊겼다. 하늘에서 떨어지던 빗방울도 어느새 사라졌다.

'완전히 인간 세계를 벗어났구나.'

앞쪽을 바라보니, 고양이 섬이 가까이 보였다. 스마트폰을 주머니에 넣고, 기나코는 다시 걸음을 빨리했다.

"이, 이봐, 너무 빨라!"

비명을 지르는 히노데의 손을 이끌고 기나코는 신성수의 뿌리에 있는 마을로 향했다.

4 무게, 하늘을 달리다

1

여기저기 고양이 천지였다. 아니, 고양이라는 건 정확한 표현이 아니다. 고양이처럼 보여도 행동은 사람에 가까워 보였으니까.

모두 기모노를 입은 그 가면 장수처럼 두 다리로 걷고 있다. 간혹 네발로 걷는 고양이도 있지만 그런 고양이도 옷을 입고 있다. 그러니까 사람처럼 행동하는 고양이, 사람고양이다. 오히려 겉으로 보기에는 타로인 내가 진짜 고양이 같다.

올려다보니 하늘은 짙은 쪽빛이었다.

"뭐야, 여기……. 계속 밤이고, 모두 고양이잖아."

체감상 내가 이 마을에 오고 벌써 하루 이상이 지났을 시점이었다. 그러나 이상하게도 배가 고프지 않았다. 이미 태양이 떠올랐을 시간인데 하늘에는 별이 반짝였다.

마을은 중심부가 뻥 뚫려 있고 가게들이 1층, 2층, 3층 여러 층에 쭉 있다. 전체적으로 근대에 세워진 쇼핑몰 같은 느낌이 들었다. 중심부의 거목에서 뻗어 나온 수많은 뿌리를 토대로 해서 마을이 만들어진 탓인지, 건물이 다층 구조로 지어져 있었다. 그중에는 뿌리를 도려내서 방처럼 만든 곳도 있었다. 게다가 모든 가게가 예스럽고 고풍스러워서 숍이라는 단어보다, 노점이라는 단어가 더 어울려 보였다.

"레트로 같은 건가……. 아니, 이러고 있을 때가 아니지. 어서 찾아야 해."

가면 장수는 이 마을에 있는 게 확실했다. 분명 이 마을 어딘가에 있을 것이다.

노점은 어디나 사람고양이로 붐볐다. 나는 걸어가면서 가게마다 안쪽을 들여다보았다. 어제저녁부터 계속 이런 식이었다.

"죄송한데 가면 장수 모르세요?"

"가면 장수? 그게 누군데?"

카운터라고 해야 할까, 나무로 된 탁자 안쪽에서 냄비

요리를 휘젓고 있던 가게 주인이 우렁차게 대답해 주었다. 가게 주인도 사람고양이였는데 머리에는 띠를 두르고 있었다. 그러자 등 돌린 자세로 음식을 먹고 있던 손님 고양이들이 내 말을 듣고 뒤를 돌아보았다.

"맛있는 거야?"

"그보다 같이 먹지 않을래?"

"그래, 맛있다고. 우리 집 쥐는 신선하니까."

'쥐?'

나는 당황해서 가게 간판을 올려다보았다. 그곳에는 확실히 쥐 그림이 그려져 있었다. 아무래도 여긴 쥐 요리 전문점인 것 같았다.

"음, 괜찮아요."

"그래? 맛있는데."

이런 일을 반복하면서 나는 시내를 계속 돌아다녔다. 공복감이 느껴지지 않는 것만은 정말 다행이었다. 이 섬에 오고 나서 틀림없이 하루나 이틀이 지났지만 여전히 가면 장수는 보이지 않았다. 거리를 돌아다니는 사람고양이가 모두 가면 장수를 몰랐다.

"가면 장수 아는 고양이 없어요?"

가면 장수가 정말로 이 마을에 오긴 했는지 확신이 흔

들리고 있던 바로 그때였다.

"이봐, 아가씨."

문득 근처에서 내게 말을 거는 목소리가 들렸다. 나는 주위를 두리번거렸다. 이곳의 정확한 위치는…… 모르겠다. 솔직히 정처 없이 돌아다니기만 해서, 지금 내가 있는 곳이 마을 어디쯤인지 주변을 본 것만으로는 알 수 없었다. 크고 작은 가게들이 줄지어 있어서 번화가처럼 보이기는 했다.

내게 말을 건 것은 근처 가게 벽에 기대서 있던 사람고양이였다. 검은 털, 날카로운 눈매와 건장한 체격을 지닌 사람고양이는 아빠보다도 덩치가 컸다. 하지만 귀여운 하트마크가 들어간 폴로셔츠를 입고 있었다.

"저요?"

내가 되물으며 그쪽을 쳐다보자, 그 고양이는 내게 시선을 고정한 채로 말했다.

"너, 절반은 인간이네?"

"어……."

"얼굴을 뺏긴 거지?"

나는 흠칫 놀랐다.

"당신, 가면 장수를 알아? 알면 좀 가르쳐 줘!"

검은 사람고양이는 기대고 있던 벽에서 몸을 바로 세우고 내게 등을 돌렸다. 그리고 아무 말도 하지 않고 걷기 시작했다. 나는 당황하여 뒤를 쫓았다.

"꼭 만나야 해! 어떻게든!"

내가 아무리 외쳐도 그는 아무것도 대답해 주지 않았다. 좁은 골목길로 들어간 검은 사람고양이는 계단을 올라 어떤 가게 앞에 섰다. 가게 문에는 인간인지 고양이인지 잘 알 수 없는 기묘한 가면이 심벌마크처럼 걸려 있었다. 어둑한 주위 때문에 묘하게 섬뜩해 보이는 장소였다.

가게 앞에 선 그는 뒤따라온 내게 말했다.

"들어와."

나는 가게 입구에 있는 간판을 올려다보았다.

'인간, 고양이, 가게?'

글씨를 알아보기 어렵게 써서 읽기 힘들었다. 하지만 그렇게 써 있는 듯했다. 나는 검은 사람고양이가 열어 준 문틈으로 조심조심 들어갔다.

가게는 그다지 넓지 않았다. 중앙에 사각형 카운터가 있는 소고기덮밥집 같은 가게였다. 아니, 음식점이 아니라 선술집 느낌? 유감스럽게도 그런 곳에는 가 본 적이 없으므로 어디까지나 인상만으로는 확실히 그런 분위기였다.

가게는 좁았지만 손님은 많았다. 물론 손님도 전부 사
람고양이였다.

"여기 좀 봐, 신참이야."

그 손님들이 나와 함께 가게에 들어간 검은 사람고양
이의 말을 듣고 일제히 뒤를 돌아보았다.

백열전구 같은 조명에 비친 선반에 도코나메 도자기와
비슷한 도자기 술병이 죽 늘어서 있었다. 그렇다는 건 여
긴 역시 술집이라는 거겠지. 자세히 보니 카운터에 앉은

사람고양이들 앞에는 맥주 같은 액체가 담긴 컵이 놓여 있었다. 술 냄새가 났다.

"저기……."

일단 사람고양이들에게 자기소개를 한 나는 이야기를 다시 정리하여 물었다.

"그럼 여긴 고양이 섬이고…… 이 가게에 있는 여러분은 원래 인간이었다는 건가요?"

"그래."

맨 처음 내게 말을 걸어 주었던 검은 사람고양이가 고개를 끄덕였다.

그 말을 듣고 다시 보니, 같은 사람고양이라도 겉모습이나 분위기는 약간 차이가 있었다. 내 오른쪽에 있는 검은 사람고양이에게서는 어딘가 건달 비슷한 느낌이 들었다. 그 맞은편에 있는 날씬한 사람고양이는 성인 여성의 성숙한 분위기를 풍겼다. 여자 사람고양이 옆에 앉은 귀가 긴 사람고양이는 다소 차가운 분위기를 풍기고 있었고 맥주가 아니라 일본 술 같은 게 들어 있는 잔을 천천히 기울이고 있었다.

갑자기 검은 사람고양이 반대편, 즉 내 왼쪽 옆에 앉아 있던 사람고양이가 눈물 섞인 목소리로 말을 걸어왔다.

"너도 고양이가 되려고⋯⋯."

그 고양이는 몸집이 둥그렇고 사람이 좋아 보였다. 아니, 사람 좋아 보이는 고양이라는 표현은 좀 이상하니까 고쳐 말하면 고양이 좋아 보이는 고양이려나.

"인간 세상에서 어지간히 괴로웠나 보구나."

감정이입이 빠른 사람⋯⋯이 아니라 사람고양이는 내 얼굴을 보며 훌쩍훌쩍 눈물을 글썽였다. 그 옆에 있는 사람고양이가 쾌활하게 웃으면서 맞장구쳤다.

"인간이란 다 형편없지, 암."

나는 모호하게 대답했다.

"아, 아뇨. 그렇게까진⋯⋯."

나는 이들처럼 심각하게 인간에 혐오감을 느꼈던 것은 아니다. 물론 싫은 것도 힘든 것도 많이 있었지만, 그렇지 않은 것도 있었다. 히노데라는 좋아하는 사람이 생긴 것, 친구 요리코와 즐거운 시간을 보낸 것. 타로가 아닌 무게로서도 소중히 여기고 싶은 것은 있었고, 하루하루가 빠르게 흘러가는 와중에도 가슴 벅찬 순간이 확실히 있었다.

기억을 되짚어 보고 있는데, 이번에는 여자 사람고양이가 말을 걸어왔다.

"너 말야."

"아, 네."

"인간으로 돌아가고 싶으면, 빨리 돌아가는 게 좋아."

나는 무심코 그때까지 앉아 있던 의자에서 카운터 위로 뛰어올라 여자 사람고양이 앞으로 갔다.

"그렇지만 이대로 돌아가면 말이 안 통하잖아요! 저, 어떻게든 마음을 전하고 싶은 사람이 있다고요. 그러니까……."

"그렇다면!"

큰 소리에 깜짝 놀란 나는 몸을 떨었다.

"더욱 돌아가야 해!"

여자 사람고양이는 더없이 진지한 눈빛으로 나를 정면으로 바라봤다.

둥근 사람고양이도 말했다.

"너, 그 가면 장수에게 이끌려서 이 섬으로 온 거지?"

"네?"

"가면 장수는 여기서 인간의 수명을 빼앗아 간단다. 그렇게 되면 너는 여기서 나갈 수 없게 되고, 인간으로도 돌아갈 수 없게 돼."

"그건…… 안 돼요."

나는 고개를 떨구었다.

기나코같이 인간이 되려는 고양이가 있는 것처럼, 이곳에 있는 사람고양이처럼 고양이가 되고 싶어 하는 인간도 있다. 지금의 나는 후자에 속하기 직전의 몸일 것이다. 그렇게 이해하고 나니 문득 어떤 생각이 들었다.

"저기."

원래 앉아 있던 의자로 돌아와서 가게에 있는 사람고양이들을 둘러보았다.

"여러분은 후회하지 않나요?"

"지금 와서 후회해 봤자지."

쾌활해 보였던 사람고양이가 먼눈으로 천장을 올려다보았다. 반대로 둥근 사람고양이는 아래를 보았다.

"힘들어질 뿐이야."

쓸쓸한 어조에 저절로 입이 다물어졌다.

여자 사람고양이가 나직히 말했다.

"도망친 거야. 여기 있는 모두는 무언가로부터 말이지."

"맞아."

그동안 묵묵히 술잔을 기울이던 차가운 사람고양이가 끼어들어 대답했다. 시대극에 나올 법한 중후한 남자 배우 같은 목소리였다. 인간으로 치면 아빠보다 훨씬 나이가 많을지도 몰랐다. 잠시 침묵하던 여자 사람고양이가 한숨을 쉬며 말했다.

"나도 그래. 난 엄마로 사는 것에서 도망쳤어."

슬픈 옆얼굴을 본 나는 어쩐지 그 말의 의미를 알 것 같아서 짧게 숨을 들이켰다. 기분 탓일 수도 있었다. 하지만 그 옆얼굴이, 내가 잘 알고 있는 사람과 조금 겹쳐 보였다.

"아이를 사랑할 수 있을지 잘 모르겠어서……. 자신 없어 하는 걸 아이가 꿰뚫어 보는 것 같아서…… 도망쳤어."

뒤이어 차가운 사람고양이가 말을 받았다.

"나도 사랑하는 법도 사랑받는 법도 잘 알지 못해서, 자신감을 가지지 못했지. 그러다 숨이 막혀서 달아나 버린 거야."

그 이상 두 사람은 아무 말도 하지 않았다. 하지만 나는 두 사람의 말 속에 담긴 의미를 아주 조금이나마 느낀 것 같은 기분이 들었다. 그도 그럴 것이, 저 둘이 한 말은 내가 무게나 미요였을 때 느낀 것과 얼마간 비슷했기 때문이다.

정적을 깨고 여자 사람고양이가 나를 바라보며 말했다.

"우리는 이대로 괜찮지만 넌 아직 일러."

'아.'

다른 사람고양이들도 한마디씩 했다.

"마음, 전할 수 있을 거야. 분명히."

"응원해 줄게요."

"네……."

나는 구원받은 듯한 기분이 들어 작게 고개를 끄덕였다. 바로 그때 어디선가 불쾌한 목소리가 들려왔다.

"거 유감이네!"

가게에 있던 사람고양이의 목소리가 아니었다.

"뭐?"

나뿐만이 아니라 그 자리에 있던 모두가 놀라 주변을 둘러보았다. 목소리가 들려온 곳은 카운터 안쪽이었다. 그곳에는 요리하는 공간이 있어, 설거지용 싱크대가 설치되어 있었다. 배수구에서 풍선 같은 것이 부풀어 오르며 꾸물꾸물 기어 나왔다.

나는 눈을 크게 떴다. 낯익은 광경이었다. 저런 모습으로 예상치 못한 곳에서 튀어나오는 녀석은 한 명, 아니 한 마리밖에 없다.

"우하하하."

굵은 목소리가 들렸다. 그리고 뻥, 하는 코르크가 빠지는 듯한 소리와 함께 그 녀석, 가면 장수는 배수구에서 튀어나왔다.

"가면 장수!"

가면 장수는 놀란 나를 전혀 신경 쓰지 않으며 말했다.

"저쪽에 돌아가도 히노데는 이제 없을 거란다."

"뭐라고?"

"지금 내 가게에 가둬 놨거든."

"뭐? 히노데를? 어떻게?"

가면 장수는 카운터 안에 있던 가게 주인을 밀어젖히고 내 얼굴 가까이로 왔다. 언제나처럼 능글맞게 웃음을 띠고 속삭였다.

"고양이가 된 너를 쫓아왔다고 하던데."

"거짓말이지? 내가 타로인 걸 히노데가 알 리 없잖아."

"네 얼굴을 달고 있는 개, 기나코던가? 그 고양이가 함께 왔으니 들었겠지."

"뭐? 기나코도 같이 왔다고?"

"맞아! 이제 네가 고양이가 될 때까지 얼마 안 남았는데 말이야. 이것 참 곤란하게 됐어."

혼란스러웠다. 찾아도 찾을 수 없었던 가면 장수가 갑자기 제 발로 나타난 것도 그렇지만, 무엇보다 가면 장수의 말이 머릿속에서 정리되지 않았다.

히노데가 고양이 섬에 와 있다. 게다가 무게가 된 기나코와 함께. 기나코는 인간이 되고 싶었던 게 아닌 건가? 이 섬에서 내가 완전한 고양이가 되어 버리면, 기나코의 소원이 이뤄지는 건데 어째서 히노데와 함께? 마음이 변했나? 그러니까 히노데와 함께 나를 쫓아왔을까? 하지만 만약 기나코가 그랬다 쳐도, 히노데가 왜?

고개를 숙이고 중얼거렸다.

"히노데가 날…… 어째서."

가면 장수는 내게 얼굴을 더 가까이 디밀었다.

"방해받지 않도록 지금 빨리 약속의 장소로 가자꾸나."

약속의 장소? 무슨 말을 하는 건지 전혀 몰라서 멍하니 눈앞에 있는 가면 장수의 얼굴을 쳐다봤다. 발톱이 세워진 가면 장수의 앞발이 나를 향해 위협적으로 다가왔다. 사람을 홀리게 하고 휘어잡는 유령 같았다. 하지만 가면 장수의 발이 내 뺨에 스치려는 순간, 획 하고 공기 찢는 소리가 들렸다. 곧이어 가면 장수가 비명을 질렀다.

"냐! 아팟!"

뭔가 부서져서 바닥으로 굴렀다. 아까까지 차가운 고양이가 쥐고 있던 술잔이었다. 나를 붙잡으려던 가면 장수를 향해 던진 듯했다.

차가운 사람고양이가 싸늘한 목소리로 말했다.

"그만두세요. 아직 애잖습니까."

"네 이놈!"

가면 장수가 큰 눈을 치켜뜨고 그를 노려보았다.

"너희와 달리 얘는 수명이 엄청 길다고! 절대로 놓치지…… 아차."

소리 지르던 가면 장수는 조금 당황하더니 자기 입을 두 앞발로 막았다. 들려주고 싶지 않았던 이야기겠지. 우물우물 다음 말을 삼키는 가면 장수 뒤로, 가게 주인이 살금살금 다가갔다.

"지금이야!"

"냐아아!"

"야옹!"

가게 주인이 들고 있던 프라이팬으로 가면 장수의 뒤통수를 날리자, 다른 사람고양이들도 일제히 가면 장수에게 달려들었다. 바닥에 가면 장수를 쓰러뜨리고 모두 달려들어 눌렀다.

가면 장수가 외쳤다.

"뭐 하는 거냐아앗!"

멍하니 그 광경을 보고 있자, 차가운 사람고양이가 긴박하게 말했다.

"가세요. 히노데인가 뭔가를 구해야죠."

정신이 번쩍 들었다. 옆에 있던 여자 사람고양이가 일어서서 가게 입구로 향했다.

"따라와, 그 녀석 가게로 가자."

"네! 감사합니다."

나는 대답한 뒤 가면 장수 위에 올라탄 사람고양이들을 돌아보았다.

"여러분도……."

입구 문을 연 여자 사람고양이가 나를 재촉했다.

"됐으니까 빨리 와."

"네!"

나는 가게를 나서는 여자 사람고양이의 뒤를 따라 달리기 시작했다.

2

우리는 사람고양이들이 오가는 거리를 달렸다. 선두에 선 여자 사람고양이는 두 발로 걷지 않고 타로인 나처럼 네발로 달렸다. 평소에는 두 발로 걸어도 뛸 때는 역시 네발이 편한 모양이었다.

거리를 달리면서 여자 사람고양이가 내게 물었다.

"히노데라는 애가 마음을 전하고 싶은 상대인가 보지?"

"네."

"걔가 너를 데리러 왔구나."

"글쎄요."

그다지 자신이 없었다. 나 말고 다른 이유로 히노데가 고양이 섬에 올 리 없다는 것을 알고 있으면서도. 여자 사람고양이가 나를 힐끔 보더니 미소 지었다.

"용감하구나, 이런 곳에 오다니."

그 말을 듣자 나도 저절로 미소가 떠올랐다.

그렇다. 히노데는 확실히 지금 이 고양이 섬에 와 있다. 그 이유는 분명 나다. 그렇다면…… 조금 희망을 가져도 되지 않을까. 희망이 현실이 될지는 모르는 일이고, 나는 언제나 기대에 배신당해 왔지만 말이다.

모퉁이를 돌자 좁은 길이 나타났다. 서서히 사람고양이들의 모습이 사라지고 뒷골목 같은 음침한 장소가 나왔다. 섬 중심부에 서 있는 신성수에 가까운 장소인 듯했다. 그 증거로 신성수에서 나온 뿌리가 머리 위에 여러 방향으로 뻗어 있었다.

정면에 문이 보였다. 문 저편에는 신성수의 뿌리를 도려낸 것처럼 보이는 공간이 있었다. 마을에서 여럿 보았던 노점처럼 간판이 걸려 있지는 않았다. 그러나 직감적으로 이곳이 가면 장수의 가게라는 것을 알 수 있었다.

"여기야."

여자 사람고양이가 문 바로 앞에서 발을 멈췄다. 나도 가쁜 숨을 몰아쉬며 멈췄다. 신성수 뿌리나 가지를 메우는 것처럼 커다란 판자나 돌을 가져다 놓은 다른 거리와 같이, 이 거리 역시 바닥에 흙이 거의 없었고, 두꺼운 나무판이 깔려 있었다.

걸을 때마다 작은 소리를 내는 판자를 밟고, 나는 문으로 가까이 다가갔다. 그러자 문 저편에서 분명치 않은 목소리가 들려왔다.

"누구 있어요?"

"앗!"

히노데다! 잘못 들었을 리 없다. 이 목소리는 틀림없이 히노데였다.

히노데가 다시 외쳤다.

"죄송한데 열어 주세요!"

자세히 보니 문에는 커다란 걸쇠가 달려 있었다. 두꺼

운 걸쇠는 손잡이를 가로질러 밖에서부터 문을 굳게 봉하고 있었다.

"음."

여자 사람고양이가 두 다리로 일어서서 걸쇠를 벗겨냈다. 드디어 문이 열렸다.

"고맙습…… 앗."

안에서 나온 히노데는 정중하게 인사를 하다가 나와 눈이 마주치고 작게 소리를 냈다. 나는 울먹이며 히노데에게 한 발 다가갔다.

"히노데……."

"타로……가 아니지, 무게라고 해야겠지?"

"히노데 말이 들려……."

확실했다. 사람 말소리와 함께 섞이던 잡음이 들리지 않았다. 전에는 히노데가 이야기하면 군데군데 의미 있는 말이 지지직거리면서 들리지 않았는데 지금은 그렇지 않았다.

그러고 보니 이 섬은 고양이한테만 보일 텐데, 지금 히노데는 주변에 있는 것이 제대로 보일까? 걱정이 치밀어 히노데를 살펴보던 내 눈에 무언가 들어왔다.

"어? 히노데, 그 손."

히노데의 손이 히노데의 것이 아니었다. 이상한 말이라는 거 안다. 하지만 정말로 그랬다. 얼굴과 머리, 눈이나 다리는 내가 아는 원래 히노데와 같다. 하지만 손이 달랐다. 굳이 말하자면 인간의 것이 아니라 복슬복슬 털이 난 발에 가까웠다. 발끝에는 날카로운 발톱까지 나 있었다. **고양이 손이다.**

"아, 이거."

내 시선을 느낀 히노데가 양손을 내려다보고 작게 웃었다.

"가면을 썼는데 고양이로 변하지 않아서 손만 이래."

히노데가 고양이 가면을? 아, 그렇구나. 여기가 가면 장수의 가게라면 안에는 가면이 있었을 것이다. 그것을 쓴 걸까. 가면 장수의 말대로라면 히노데는 기나코와 함께 고양이 섬에 왔을 테니까 기나코에게 안내받은 걸까?

자세한 사정은 나도 모른다. 그저 히노데의 얼굴을 보고 목소리를 들으니, 자연스럽게 입꼬리가 올라갔다.

"응. 왠지 그런 점이 히노데답네."

"그게 뭐야."

조금 부끄러운 듯이 말하고 히노데는 빙긋 웃었다. 문 안쪽에서 다른 사람의 기척이 느껴졌다. 내가 잘 아는 얼

굴이다. 당연하다. 매일 거울로 보던 얼굴이니까. 무게가
된 고양이 기나코. 오늘은 냉랭한 눈을 하고 있지 않았다.

기나코가 산뜻한 표정으로 말했다.

"얼굴, 돌려줄게."

"기나코."

"사사키 미요로 돌아가."

웃으면서 말한 기나코는 그 자리에서 뒤로 빙글 재주
를 넘었다. 반짝반짝 빛나는 빛무리가 몸을 둘러싸고, 무
게의 모습이 사라졌다. 그리고 고양이의 모습을 한 기나
코가 빛 속에서 몸을 드러냈다. 하지만 그 모습은 내가 알
던 기나코가 아니라, 이 거리에 있는 사람고양이처럼 두
다리로 걷는 고양이였다. 얼굴은 기나코와 똑같았지만 수
수한 기모노를 입고 있었다. 이 섬에 오면 보통 고양이도
사람고양이의 모습이 되는 것 같았다. 그렇다는 것은 여
기에 사는 사람고양이들이 인간 세상에 오면, 평범한 고
양이의 모습이 될지도 모른다.

두 다리로 선 기나코의 발치에 인간 얼굴 가면이 툭 떨
어졌다. 그날 히노데의 집에 있을 때, 내 얼굴에서 벗겨진
가면이었다.

"됐다."

나는 작게 환성을 지르고 가면을 향해 달려갔다. 타로의 코로 가면을 슬며시 들어 올려 머리 위에 올렸다. 그러고 나서 기나코가 한 것처럼 뒤로 재주를 넘었다. 이번에는 내가 빛에 둘러싸였다.

다행이다. 이제 무게로 돌아갈 수 있어.

하지만 바닥으로 내려서자, 내가 얼굴에 쓰려고 했던 인간 가면이 땅에 툭 떨어졌다.

히노데와 기나코가 동시에 놀란 목소리를 냈다.

"엇?"

"어?"

나는 흔들리는 눈으로 발치에 떨어진 가면을 보았다.

"어째서……."

가면뿐만이 아니다. 내 양손과 양발은 아직도 흰 털에 싸여 있었다. 눈높이도 그대로였다. 정면에 보이는 것은 히노데와 기나코의 발이다. 틀림없는 고양이의 눈높이, 타로의 눈에 비친 세계다.

혼란스러움을 느끼며, 나는 다시 한번 가면을 머리 위에 올렸다. 운 나쁘게 실패한 걸지도 모른다. 다시 재주를 넘으려 하는데, 커다란 고양이 울음소리가 주변에 울려 퍼졌다.

"냐아아아아."

그뿐만이 아니었다. 덜거덕덜거덕, 큰 소리와 함께 발밑의 판자가 흔들렸다. 곧이어 나무판자가 부서지더니 마치 고속으로 자라는 버섯처럼 가면 장수가 튀어나왔다.

"앗!"

"이런!"

히노데와 기나코가 놀라서 그 자리에서 물러났다. 물론 나도.

"으아악!"

나는 히노데와 기나코가 피한 반대 방향으로 뛰어올랐다. 머리 위에서 인간 가면이 떨어져 바닥에 부딪쳤다. 가면 장수는 기다렸다는 양 돌진해서 도망치려 했던 나를 커다란 앞발로 꽉 붙잡았다.

"따라라 땃, 땃."

붙잡힌 순간, 내 몸이 공중으로 붕 떴다. 처음에 만났을 때도 그랬지만 이 녀석에겐 상식이 통하지 않는다. 나를 붙잡은 가면 장수는 그 자리에서 크게 발을 구르더니 드론처럼 하늘로 날아올랐다.

"무게! 기다려!"

히노데의 외침이 점점 멀어진다. 하늘을 나는 가면 장

수의 머리통 앞으로, 커다란 신성수의 두꺼운 나무줄기가
보였다.

"이거 놔. 놓으란 말이야!"

"와하하하!"

힘껏 발버둥 치는 나를 꽉 끌어안은 채로, 가면 장수는
밤하늘을 계속 날았다. 마을로 뻗어 있는 신성수의 뿌리
를 발판 삼아 통통하고 몇 번이나 뛰면서. 뛸 때마다 점점
마을 중심부로, 더 높이 올라갔다. 가면 장수의 목표는 신
성수의 꼭대기인 듯했다.

"신성수가 눈을 뜰 때까지 얼마 남지 않았어. 네가 완전
히 고양이가 되는 것도 얼마 안 남았다는 뜻이지."

싫어!

"난 인간으로 돌아갈 거야."

"정마알? 정말 그렇게 생각해?"

"당연하지!"

"인간으로 돌아가면 힘든 일이 잔뜩 생길 텐데?"

순간 나는 움츠러들었다. 가면 장수는 폭소했다.

"거봐, 거짓말이지. 또 거짓말, 몽땅 거짓말! 그러니까
이제 인간 가면을 써도 돌아갈 수 없어."

"거, 거짓말 아니야!"

"으음. 이제 곧 히노데도 사이좋게 고양이가 될 텐데. 아, 반만 고양이인가? 그래도 뭐, 어때. 해피엔딩~."

히노데도 고양이가 된다는 소리에 나는 아연했다. 히노데도 고양이가 된다고? 아니, 확실히 가게에 있던 둥근 사람고양이가 말했다. 고양이 섬에서 가면 장수에게 수명을 빼앗기면, 원래 세계로 돌아갈 수 없다고. 여기서라면 가면 장수가 내 수명을 빼앗을 수 있다고.

내게 할 수 있는 일이라면 히노데에게도 할 수 있나? 똑같이 고양이 가면을 쓴 히노데에게도? 안 돼. 그것만큼은 절대 안 돼!

"으으윽!"

나는 젖 먹던 힘까지 쥐어짜서 힘껏 발버둥 쳤다. 겉보기에는 별로 건강해 보이지 않는 뚱뚱한 삼색 고양이 주제에 가면 장수의 힘은 어마어마했다. 하지만 계속 몸을 비틀면서 몸부림치자 간신히 상체를 빼낼 수 있었다. 가면 장수의 두꺼운 팔뚝에 앞발을 올려 버티면서 남은 하반신을 빼려고 애썼다.

그때였다. 나는 보았다. 아니, 들었다.

"무게!"

저 멀리서 히노데의 목소리가 들려왔다. 고개를 돌리자 밧줄에 매달려 올라오는 상자형 탈것이 보였다. 로프웨이였다. 스키장 리프트처럼 마을의 낮은 곳에서 높은 곳을 향해 로프웨이가 올라오고 있었다.

문 없는 로프웨이에 탄 히노데는 몸을 내밀고 있었다. 나를 찾고 있는 모양이었다. 하지만 아직 나를 발견하지 못했는지, 주위를 두리번거렸다.

"히노데!"

나는 크게 외치며 앞발에 힘을 주었다. 몸이 부드럽다는 고양이의 장점을 살려, 단숨에 가면 장수의 팔에서 빠져나왔다.

"히노데는 인간으로 돌아가야 해!"

"잠깐, 그만……."

하지만 너무 초조해서 그만 힘 조절에 실패했다.

"어……."

가면 장수의 팔에서 쑥 빠져나온 나는 그대로 허공에 내던져졌다. 아래로는 마을에서 나온 빛이 점점이 보였다. 나의 네발을 받쳐 줄 땅은 너무나 멀었다.

"와아아아악!"

순식간에 몸이 떨어지기 시작했다. 뼛속까지 차가워지

는 기분이 들었다.

"어엇?"

저 위에서 가면 장수가 드물게 당황한 소리를 냈다. 가면 장수는 신성수 꼭대기로 향하는 것을 그만두고, 낙하하는 나를 재빨리 쫓아오기 시작했다.

"이봐아아아, 생명을!"

"악!"

"소중히 하라고!"

"히익!"

"너 혼자만의 생명이 아니란 말야!"

공중에서 가면 장수가 나를 다시 한번 붙잡으려 팔을 뻗었다. 나는 몸을 비틀어 그 손을 피했다. 가면 장수는 열심히 팔다리를 퍼덕거리면서 끈질기게 쫓아왔다. 둘 다 디딜 곳이 없어 생각만큼 몸이 잘 움직이지 않았지만, 나는 가면 장수가 손을 뻗으면 피하고, 뻗으면 피했다.

엎치락뒤치락하며 콩트 같은 행동을 반복하다가 나는 가면 장수의 팔을 타고 올라가 머리를 밟고 섰다.

"어라, 잠깐 기다려."

아마 가면 장수는 마음만 먹으면 하늘을 날 수 있을지도 모른다. 그 증거로, 나를 머리 위에 태운 가면 장수는 낙하하는 자기 몸에 급브레이크를 걸었다. 떨어지는 속도가 급격하게 느려졌다. 큰일 났다. 이대로라면 또 붙잡혀 버릴지 모른다. 나는 반사적으로 뛰어오를 장소는 없는지 주변을 둘러봤다.

'저기다!'

오른편에 마을 토대의 일부인 다층 구조가 보였다. 판자가 전망대처럼 공중으로 튀어나와 있었다. 인간은 뛰어오르지 못할 높이였다. 하지만 고양이인 나라면 가능해 보였다. 가면 장수의 머리를 박찬 나는 망설이지 않고 뛰어올랐다.

가면 장수가 소리를 질렀다.

"뭐야! 치사해! 것보다 이게 뭐야아아아!"

떨어지는 속도가 줄었다 해도 가면 장수는 간단히 멈추지 못했다. 가면 장수는 그대로 아래로 떨어졌다.

판자 위에 착지한 나는 돌아보지 않고 달리기 시작했다. 벌써 이 부근은 섬을 형성하는 신성수의 뿌리가 아니라 가지였다. 무성하게 우거진 잎 사이로, 작은 불꽃같이 빛나는 색색의 꽃이 피어 있는 것이 보였다. 신성수의 뿌리 부분에 만들어진 사람고양이들의 마을과는 분위기가 조금 달랐다. 집이나 노점의 수가 적고 신사 같은 건물이

곳곳에 섞여 있었다. 아마도 마을에 사는 사람고양이들이 거주하는 장소라기보다는 신사나 절처럼 참배하기 위한 장소인 것 같았다.

로프웨이는 계속 올라가고 있었다. 히노데는 나를 아직 발견하지 못했다.

"히노데는 이런 곳에 오면 안 돼."

건물과 건물 사이에 놓인 나무판자 위를 달려, 나는 로프웨이로 향했다.

"돌아가야 해! 도자기 공부가 하고 싶다고, 할아버지가 멋지다고 말했잖아!"

머리 위에서 계속 움직이는 로프웨이를 올려다보았다. 열심히 달리면서, 들리길 바라는 마음으로 다시 한번 외쳤다.

"히노데!"

드디어 히노데가 이쪽을 돌아보았다. 서로의 눈이 마주쳤다.

"무게!"

"히노데!"

닿았다! 드디어 내 목소리가 들렸다! 하지만 로프웨이는 멈추지 않았다. 설상가상으로 내 앞의 길은 끊겨 있었다. 주변에는 이제 나무판자가 없었다. 대신에 보이는 것은 종횡무진으로 뻗은 신성수의 가지뿐이었다.

나는 나무판자에서 뛰어내려, 이번에는 가지 위를 달리기 시작했다. 인위적으로 다듬어지지 않아 곧게 뻗은 가지가 드물었고, 계속 다른 나뭇가지로 옮겨가며 움직여야만 했다. 그래도 필사적으로 로프웨이를 쫓았다.

"하아, 하아……. 히노데! 가면 안 돼, 돌아와!"

아까 나를 붙잡았던 가면 장수는 신성수의 정상을 노리고 있었다. 거기에 가면, 가면 장수는 반드시 내 수명을 빼앗을 것이다. 아마 히노데의 수명도. 그러니까 히노데는 이런 곳에 와서는 안 된다. 바로 섬을 떠나, 원래 있던 곳으로 돌아가야만 한다.

로프웨이 밖으로 상반신을 내민 히노데가 빤히 이쪽을 내려다보았다. 잘 보니 손에 인간 가면, 내 얼굴을 들고 있다. 아까 내가 가면 장수에게 잡혔을 때 떨어뜨린 것을 주운 것 같았다. 이쪽을 보고 있던 히노데는, 단정한 얼굴에 결연한 표정을 띠었다.

"어어?"

그러더니 망설임 없이 뛰어내렸다.

"무게!"

내 이름을 부르면서 뛰어내린 히노데는 나뭇가지 위로 떨어졌다. 너무 무모해! 보통 집의 2층 높이 정도인데? 아니, 전에 3층에서 뛰어내린 내가 할 말은 아니지만! 나는 크게 당황해서 히노데 쪽으로 방향을 바꾸었다.

그사이에 히노데는 나뭇가지 위에 착지했다. 아니, 정확하게 말하면 착지했다고 할 수 없었다. 어떻게든 양손과 양발이 가지 위에 붙어 있기는 했지만, 낙하의 충격을 없애지 못한 탓에 균형을 잃고 굴렀다. 평탄한 지면 위에 넘어졌다면 그나마 낫지만 그곳은 표면이 둥글게 곡선을 그리는 가지 위였다. 몸이 미끄러져 가지에서 떨어질 지경이었고 아래는 아무것도 없다. 떨어진다면 무사하지 못할 것이다.

"윽."

"히노데!"

나는 히노데가 간신히 매달린 가지 위로 겨우겨우 도착했다. 히노데는 내 가면을 입에 문 채로 나뭇가지를 어떻게든 기어오르려고 했다.

"히노데, 힘내!"

"으으읏!"

손을 뻗어 도와주고 싶었지만, 지금 내 몸으로는 그런

일이 불가능했다. 대신 나는 히노데의 옷소매를 입으로 물어 끌어당겼다. 그다지 큰 힘은 아니었지만 그래도 조금은 도움이 된 것 같았다. 히노데는 신음하며 조금씩 몸을 끌어 올렸다. 드디어 히노데의 오른손이 가지 위를 짚었다.

"크윽……. 이얏!"

히노데는 크게 기합을 넣으며 가지 위로 올라왔다. 다행히 내 가면도 무사했다.

히노데는 숨을 헐떡이면서 내 가면을 고쳐 들고 기다렸다는 듯이 말했다.

"하아, 하아……. 무게, 돌아가자."

무슨 말을 해야 할지 몰라 내가 망설이자, 히노데는 나를 오른팔로 안아 올렸다. 그리고 나와 가면을 껴안은 채로 가지를 내려갔다.

"히노데, 미안해……."

내가 진심 어린 목소리로 말하자, 히노데는 작게 고개를 저었다.

"네가 사과할 거 없어. 나, 옛날부터 둔해서 내가 누구를 의지하고 있는지…… 누가 나를 힘이 나게 하는지 꼭 없어지고 나서 알아채. 전혀 성장하지 않은 거야, 난."

어느덧 가지를 다 내려왔다. 히노데는 나와 가면을 고쳐 안고 앞으로 달렸다.

"타로가 무게란 걸 알고 겨우 느꼈어……. 앗!"

서두르던 히노데는 나무뿌리에 발이 걸려 엉덩방아를 찧었다. 그러나 개의치 않고 금방 다시 일어나 달렸다.

"학교에서도 항상 무게가 내게 힘을 줬다고."

나는 흠칫 놀라 귀를 쫑긋 세우고 히노데의 얼굴을 올려다보았다.

"진짜? 그게 진짜야?"

"그러니까 나……."

하지만 히노데가 무언가 더 말하려던 그때.

"나핫!"

내 머리 위에서 듣고 싶지 않은 목소리가 났다. 빵빵하게 부푼 몸뚱이를 기모노로 두른 그 녀석이, 우리 눈앞에 천천히 내려왔다.

"괜찮잖아, 이대로도."

"가면 장수!"

내 외침을 무시하고, 가면 장수는 히노데에게 가까이 다가가 멱살을 잡아 올렸다.

"큭……."

"네 수명도 받아 가겠다. 이건 위로금으로 하마."

"히노데를 놔!"

"으핫!"

크게 웃은 가면 장수는 우리를 붙잡은 채 하늘을 향해 높이 뛰어올랐다.

3

가면 장수는 바람을 가르며 계속 상승했다. 우리가 도착한 곳은 신성수 꼭대기 부근이었다. 엉켜 있는 신성수의 나뭇가지가 마치 지면처럼 평평한 토대가 되어 있었다. 토대 위에는 신성수의 잎사귀처럼 빛나는 억새 같은 식물이 우거져 있었다. 마치 금빛으로 반짝이는 바다 같았다. 금빛 억새 바다 중앙에는 커다란 신전 비슷하게 생긴 건물이 있었다. 달리 지붕은 없었고 넓은 원형 공간에 돌담으로 둘러싸여 있었다.

신전 중앙에는 제단이 설치되어 있었다. 잎이 우거진 신성수의 가지가 높은 기둥을 만들며 주위를 동그랗게 둘러쌌다.

"약속의 장소에 잘 왔어."

신전 상공에서 제단으로 내려온 가면 장수는 히노데와 나를 아무렇게나 내팽개쳤다.

"여기선 도망칠 수 없어. 이제 너희는 곧 고양이와 반인반묘로 변할 거야. 드디어 너희 수명이 내 것이 되는 게지."

가면 장수는 활짝 웃더니 그 자리에서 기쁜 듯이 춤추고 노래를 부르며 우리 주위를 돌기 시작했다.

"이제 아주 조금만 있으면, 수명을 얻고 나는 해피! 따랏따따 모두 춤추세!"

하지만 나는 가면 장수의 춤이나 노래에는 관심을 기울일 겨를이 없었다. 나는 멍하니 머리 위 풍경을 올려다봤다. 이곳은 이상한 장소다. 그저 보이는 풍경이 묘하기 때문에 이상하다고 생각하는 것이 아니다. 기이한 것을 따지고 들면 애초에 고양이 섬 자체가 이상한 곳이니 지금 와서 새삼스럽게 놀랄 것도 없다.

정말로 이상한 것은 이 기묘한 풍경이 어딘지 낯익다는 점이었다. 제단 위로는 밤하늘이 펼쳐져 있고 주변에는 높은 기둥이 서 있다. 기둥 저편에 뻗은 신성수 가지에는 짙은 녹색 이파리가 무성하게 자라 있으며, 나뭇잎 사이로 군데군데 꽃이 피어 있었다. 게다가 이 꽃은 보통 꽃과 달리, 여러 가지 색깔로 반짝거리며 빛을 깜빡였다.

그리고 어느 순간 확 밝아지면서 꽃이 빛을 뿜어냈다.

그 찰나에 내 안에서 되감기 되듯 하나의 기억이 떠올랐다. 들린다, 불꽃이 쏘아 올려지는 소리가. 타로가 되어 히노데와 처음 만났던 축제의 그 밤.

'시공.'

그 구조물 안쪽 빈 공간에서, 타로로 변신한 나와 히노데는 몸을 서로 기대어 기둥 위의 하늘을 보고 있었다. 지금처럼 불꽃으로 빛나는 밤하늘을.

내 옆에 서 있던 히노데가 문득 입을 열었다.

"여기서 나가면…… 세계가 사라져도, 아니 사라지지 않아도 상관없지만."

처음에는 조용했지만 목소리에 점점 힘이 들어갔다.

"나, 무게가 없으면 안 돼."

나는 눈을 크게 떴다. 밤하늘을 바라보는 히노데에게 한 발 다가가, 그 누구보다 내가 좋아하는 옆얼굴을 올려다보면서 말했다.

"나도, 나도 히노데가 없으면…… 안 돼."

히노데가 시선을 하늘에서 정면으로 내렸다. 히노데는 뭔가 결심한 표정으로 계속 춤추고 있는 가면 장수를 노려봤다. 그리고 크게 기합을 넣더니 가면 장수를 향해 돌진했다.

"우와아아앗!"

"으응…… 어?"

돌아보는 가면 장수의 큰 얼굴을 향해 히노데가 덤벼들었다. 고양이 발로 변한 손으로 가면 장수의 귀를 잡고 형태가 뭉그러질 정도로 강하게 잡아당겼다.

"아야야!"

"무게를 원래대로 돌려놔. 어떻게 하면 돌아올 수 있는지 빨리 말해!"

"히노데!"

나도 히노데처럼 가면 장수에게 달려들었다.

"아파! 보, 본인이 원하지 않아서 돌아갈 수 없는 거라고!"

"난 돌아가고 싶어!"

"진심으로 인간이 되고 싶은 게 아니잖아! 게다가 돌아가 봤자 아무것도 변하지 않을 텐데?"

히노데가 가면 장수의 목을 졸랐다.

"그렇지 않아, 돌아가면 우리도 더 잘할 수 있어."

"맞아! 제대로……."

내가 히노데의 말에 맞장구칠 때였다. 하늘이 아까보다 환하게 빛났다. 아니, 하늘이 빛난 게 아니다 신성수에 피어 있는 꽃이 더 강한 빛을 내뿜기 시작한 것이다. 빛은 이제 눈부실 지경이 되어, 제단 전체를 태양처럼 비추었다. 그러자 우리에게 붙잡혀 발버둥 치던 가면 장수가 눈을 부릅떴다.

가면 장수가 지금까지 한 번도 들어보지 못한 날카로운 목소리로 외쳤다.

"깨어나셨다!"

그 순간 내 몸에서 급격하게 힘이 빠져나갔다.

"윽."

나만 그런 게 아니었다. 가면 장수에게 달라붙어 있던 히노데도 힘없이 그를 놓고 스르륵 주저앉았다.

"뭐야, 이거. 몸이……."

내 쪽이 더 심했다. 전신이 벼락이라도 맞은 것처럼 떨리고 말할 기운도 없어, 나는 제단 위에 널브러졌다. 일어나려고 애썼지만 몸에 전혀 힘이 들어가지 않았다.

엎드린 내 위에서 가면 장수가 기분 나쁘게 웃었다.

"우후후. 자, 미안하게 됐어."

가면 장수의 목소리를 듣자 몸의 떨림이 더 심해졌다.

겨우겨우 목만 움직여서 내 몸을 내려다보았다. 가슴팍에서 구불구불하고 푸른 구체가 빠져나와, 가면 장수의 손으로 가려고 하는 게 보였다.

직감적으로 그것이 내 영혼이자 가면 장수가 그토록 원하던 수명이라는 것을 알 수 있었다. 쭈욱, 내 몸에서 영혼이 뽑혀 나갔다. 가면 장수는 물풍선을 가지고 노는 것처럼 영혼을 위아래로 흔들었다. 그러자 동그란 모양이던 영혼이 인간에 가까운 형상이 되었다. 모습이 낯익었다. 그건 틀림없이 나였다. 눈, 코, 입은 없었다. 하지만 전신의 윤곽은 누가 봐도 내 모습이었다.

"호오, 이거 멋지구먼."

가면 장수가 진심으로 기쁜 듯이 눈을 가늘게 뜨고는 내가 아니라 발치에 엎어져 있는 히노데를 보았다.

"그럼 이제, 네 것도……."

"그만둬!"

"뭣?"

가면 장수의 말을 끊고 히노데가 다시 일어섰다. 히노데는 비틀거리면서도 가면 장수의 허리에 힘껏 매달렸다. 전혀 예상하지 못한 일인 듯 가면 장수가 비틀거렸다. 그 사이 내 영혼은 가면 장수의 손에서 벗어났다.

"아아앗!"

가면 장수의 손에서 벗어난 순간, 영혼은 다시 모습이 바뀌었다. 이번에는 배구공만 한 구체가 되어 제단 위를 통통 튀었다.

"내 수명! 기다려, 기다려!"

크게 당황한 가면 장수가 구체를 쫓으려 했으나 히노데가 붙잡았다. 가면 장수는 허리에 달라붙은 히노데를 쉽게 떨쳐 내지 못했다.

"무게는 꼭 데리고 돌아갈 거야."

"놔아앗!"

"너무하잖아! 무게 탓도 아닌데. 힘든 것도 괴로운 것도 무게 잘못이 아닌데!"

"히······노데."

나는 움직이지 못하는 채로 입술만 움직였다. 목소리가 나오지 않았다. 하지만 입술만이라면 움직일 수 있다.

아니야······. 내 잘못이야. 이렇게 된 건 전부 내 잘못이다.

가면 장수가 말한 대로, 내가 진심으로 인간이 되고 싶다고 빌지 않았으니까. **도망치고 있었으니까**······. 이대로라면 정말 후회할 거다. 히노데의 마음에 제대로 답하고 싶었다. 아니, 히노데뿐만이 아니다. 가오루 아줌마에게도 아빠에게도 엄마에게도, 나는 제대로 답한 게 아무것도 없었다.

그러니까!

입술을 움직여 외치려고 했던 그 순간, 내 몸이 갑자기 가벼워졌다. 전신을 묶고 있던 강렬한 떨림이 눈에 띄게 약해진 것이다.

나는 벌떡 일어났다. 무작정 달렸다.

"역시 이런 건 싫어!"

가면 장수의 허리에 매달린 히노데는 뿌리쳐지기 일보 직전이었다. 나는 옆에서 가면 장수에게 달려들어, 그 뚱뚱한 몸을 기어 올라갔다. 뒤통수에 매달려서 가면 장수의 눈꺼풀에 앞발의 발톱을 세워 박고 뒤로 힘껏 끌어당겼다.

"돌아가고 싶다고! 돌려보내 줘!"

"아야야야! 으앗!"

가면 장수는 비명을 지르면서도 우리를 매달고 그 자리에서 높이 뛰었다. 떨어지는 반동을 이용해서 나와 히노데를 제단 위로 팽개쳤다.

"윽……."

충격이 몸을 관통했다. 그래도 나와 히노데는 포기하

지 않았다. 우리는 동시에 벌떡 일어나 다시 가면 장수에게 달라붙었다.

"우리는! 돌아가야 해!"

"히노데!"

다시 제단 위를 굴러다니는 구체를 잡으려는 가면 장수의 꼬리를 잡고 열심히 잡아당겼다. 끈질긴 행동에 가면 장수도 점점 험악하게 변해 갔다. 괴물 고양이처럼 흥악해진 얼굴로 두꺼운 팔뚝을 휘두르며 윽박질렀다.

"그만두지 않으면 몸을 갈기갈기 찢어 주마!"

가면 장수의 예리한 발톱이 번쩍이며 히노데 눈앞까지 다가왔다.

"윽!"

안 돼! 피할 수 없어! 하지만 내가 비명을 지르기 직전, 가면 장수가 괴성을 내며 허리를 꺾었다.

"냐아악?"

순간 나는 무슨 일이 일어났는지 금방 알아차리지 못했다. 그때, 제단 위에서 무언가가 펑 소리를 내면서 깨졌다. 나는 이끌리듯 소리의 진원지로 눈을 돌렸다. 그곳에는 도자기 파편이 있었다. 원래 어떤 모양이었는지 조각을 보고 금방 알 수 있었다. 바로 얼마 전에 사람고양이 가게에서 본 차가운 사람고양이가 썼던 술잔이었다.

서늘한 목소리가 우리 위에서 들려왔다.

"그만두라고 했을 텐데요."

우리가 있는 신전의 벽 위에, 차가운 사람고양이와 가게에 모여 있던 손님 고양이들 그리고 기나코까지 죽 늘어서 있었다.

가면 장수가 거품을 물고 소리쳤다.

"너희가 감히!"

분노하는 가면 장수를 보고 싱긋 웃은 것은, 나를 응원하며 히노데가 있는 곳까지 데려다준 여자 사람고양이였다.

"간닷!"

"나핫!"

길쭉한 사람고양이의 외침을 신호로, 다른 사람고양이가 한 마리씩 돌벽 위에서 뛰어내렸다. 가면 장수만큼은 아니지만 그들도 상식을 뛰어넘는 도약력을 가지고 있었다. 단 한 번 뛰어서 우리가 있는 제단까지 단숨에 내려왔다. 물론 노리는 것은 나도 히노데도 아닌 가면 장수였다.

"냐아아아앗!"

당황해서 달아나려는 가면 장수의 등을 둥근 사람고양

이가 밟았다. 아니, 밟았다는 표현으로는 부족하다. 거의 프로레슬링 선수가 보여 주는 바디 프레스 수준이었다. 보통 고양이라면 그다지 큰 위력이 아니겠지만, 둥근 사람고양이는 씨름 선수처럼 덩치가 컸다. 그 몸으로 위에서 기세를 몰아 덮쳐 눌렀으니, 괴물 고양이인 가면 장수라도 배겨 낼 수가 없었다. 게다가 다른 사람고양이들도 힘을 보태려는 것처럼 가면 장수 위에 뛰어내렸다.

"그, 그만둬……. **악!**"

마지막으로 차가운 사람고양이가 마지막 일격이라는 듯 가면 장수의 코 위로 뛰어내렸다.

"후……."

차가운 사람고양이가 한숨 쉬고는 가면 장수의 얼굴 위에서 쿨하게 웃었다.

아연한 표정으로 바라보던 히노데와 내게 기나코가 말했다.

"오래 기다렸지?"

긴장이 풀려서 힘이 쭉 빠졌다.

"우리, 살아 있는 거지?"

히노데가 솔직하게 감사 인사를 건넸다.

"고맙습니다."

그러고는 제단 구석에 덩그러니 있던 내 영혼에 가까이 다가갔다. 히노데는 고양이 손으로 그것을 소중하게 끌어안고 내게 돌아왔다. 배구공 같은 모양이던 영혼은 원래 내 모습에 가까운 형태로 변하더니, 마치 빠져나왔을 때를 되감기 하듯 다시 내 몸으로 빨려 들어갔다.

영혼이 내 몸에 되돌아올수록 주변은 조금씩 어두워졌다. 주변을 살피자 신성수 가지에 피어 있던 꽃들의 빛이 약해지면서 꽃망울이 닫히는 게 보였다. 신성수의 힘으로 나와 히노데가 고양이가 되었다면, 빛의 세기가 힘의 강약을 나타내는 지표일지도 모른다. 꽃의 빛이 약해짐과 동시에, 내 몸에서 아까의 떨림이 완전히 사라졌기 때문이다. 사람이 고양이로 다시 태어나는 축제는 이제 끝났다.

히노데가 발치에 있던 나를 안아 올렸다.

"무게."

"히노데!"

우리는 서로 가까이에서 얼굴을 마주 보았다. 히노데의 입가가 드디어 느슨하게 풀렸다.

"나, 무게에 대해서 더 알고 싶어."

"히노데……."

"히노데 일출 공격이라든가 하는 일마다 무한 게이지

로 수수께끼라 놀랄 일투성이지만, 무게의 여러 가지 얼굴을 보고 싶어. 웃는 얼굴뿐만 아니라 화난 얼굴이나, 떼 쓰는 얼굴도."

"그런 얼굴을 봐도 히노데는 내가 싫어지지 않아?"

"그리고 나는 고양이가 아닌 무게에게 좋아한다고 말하고 싶어."

"어?"

"그래서 다시 웃는 얼굴이 보고 싶어."

"나도 보고 싶어! 히노데가 아이처럼 환히 웃는 얼굴을. 그리고……."

'좋아한다는 말을 듣고 싶어.'

이전부터 바라 왔던 그 말이 뇌리에 떠올랐다가 금방 사라졌다.

아니야.

"나도 똑바로 말하고 싶어……. 네가 좋다고, 듣고 싶은 게 아니라 내가 말하고 싶어!"

내 말을 듣고 히노데는 간지러운 듯이 웃었다. 그렇다. 내가 인간으로 돌아와 히노데에게 전하고 싶은 말은 이것이었다. 그러니까 돌아가자, 히노데와 함께.

즐거운 일만 있지는 않을 것이다. 싫은 일도 있다. 하지만 나와 히노데는 아마도 마음속에 있던 말을 서로 나눌 수 있게 될 것이다. 우리 세계에서, 언제나처럼 그곳에서.

"너도 빨리 돌아가. 주인을 소중히 여기렴."

익숙한 목소리가 옆에서 들려와 쳐다보니, 여자 사람 고양이가 기나코의 등을 웃으면서 밀어 주었다.

"응. 알았어……. 자, 돌아가자!"

"응!"

기나코의 부름에 기운차게 대답하고, 히노데의 손에서 뛰어내린 나는 또 하나의 중요한 물건을 향해 달렸다. 내 얼굴을 한 사람 가면. 이걸 쓰지 않으면 나는 인간으로 돌아갈 수 없다. 아, 하지만 바로 쓰지 않는 편이 좋을지도. 지금 무게로 돌아가 버리면 이 고양이 섬이나 나를 도와 준 사람고양이들을 볼 수 없게 될 테니까.

나는 가면을 입에 물고 히노데에게 돌아갔다. 기나코 가 제단의 출구로 향하자, 나도 히노데도 그 뒤를 따라갔다. 열린 문으로 나가기 전에, 우리는 함께 뒤를 돌아 여전히 가면 장수 위에 올라탄 사람고양이들에게 깊이 허리를 숙였다.

"여러분, 고마웠어요!"

"고맙습니다!"

잊으면 안 된다. 모두 나를 도와준 것을.

"바이바이!"

"잘 살아라."

즐겁게 인사하는 사람고양이들 아래에서, 가면 장수가 힘없이 "야옹" 하고 울었다.

어렸을 때, 엄마가 읽어 준 동화 중에 이름이 백 개인 고양이 이야기가 있었다. 그 이야기는 순수한 해피 엔딩이 아니었다. 전 세계 사람들이 여러 가지 의미로 지어 준 이름을 받은 고양이는, 그 이름에 걸맞은 활약을 해낸다.

하지만 그렇게 살다가 진정한 이름, 원래 자신의 이름을 잊어버리고 만다. 주인공 고양이는 매우 슬퍼하며 "모두가 원하는 나로 살다 보니 내가 원하는 나로 살 수 없게 됐어" 하고 말한 뒤 마지막에는 모습을 감춰 버린다.

당시 난 결말에 충격을 받았다. 왜냐하면 여러 가지 이름을 가지고 활약하는 고양이가 멋지다고 생각했으니까.

지금이라면 주인공인 고양이가 무슨 생각을 했는지 조금 알 것 같다. 누군가가 바라는 나를 연기하고 산다면, 확실히 크게 힘든 일은 없을 것이다. 가오루 아줌마나 아빠 앞에서 진심을 이야기하지 않고, 헤헤 웃으면서 얼버무리던 예전의 나처럼.

하지만 그래서는 안 된다. 계속 연기하다 보면 정작 말하고 싶은 것을 말하지 못한 채로 마음이 깎여 나가게 된다. 아줌마가 내가 만든 웃는 얼굴을 꿰뚫어 본 것처럼, 주변과의 관계도 언젠가는 서먹해진다.

히노데는 내가 떼 쓰는 모습도 보고 싶다고 말했다. 그렇다면 나는 내가 바라는 사사키 미요가 될 것이다. 누군가가 바라는 미요가 아니라, 내 마음을 나답게 전할 수 있는 내가 될 것이다.

그리고…….

신전에서 돌아가는 길은 배를 이용했다. 기계가 달린 모터보트가 아니다. 직접 노를 저어야 하는 작은 나무배다. 배가 다니는 곳은 진짜 강이나 바다가 아니다. 이곳에 올 때 신전 주위에 금색 억새가 잔뜩 나 있어서, 금빛 바다 같아 보인다고 생각했던 바로 그곳이었다. 그때는 멀리서 보았던 인상을 표현한 거였지만 실은 정말로 바다 비슷한 장소였다. 배가 확실히 떠 있고 노를 저으면 앞으로 나아

간다. 이 고양이 섬은 정말 이상한 곳이지만, 여기도 끝내

주게 신비로운 장소였다. 뭔가 천국에 있는 느낌이랄까.

선미에서 노를 젓고 있는 것은 기나코였다. 배가 향하

는 곳은 고양이 섬과 인간 세계를 이어 주는 나무다리였

다. 그 건너편에는 신메이 신사가 있었다. 계속 밤이었던

고양이 섬과는 달리 바깥은 이미 날이 밝은 것 같았다. 하

지만 한낮은 아니고 저녁이 가까웠는지 하늘 일부가 약간

붉은빛을 띠었다.

"기나코, 히노데. 고마워."

타로의 모습인 채로 나는 배의 앞부분에 앉아 감사 인

사를 했다.

"걱정을 끼쳤네, 내가."

히노데는 웃었다.

"우리뿐만이 아니야. 네가 가출했을 때 후카세도 이사

미도 널 찾아다녔고, 반나이와 니보리도 왠지는 모르겠지

만 걱정했어."

요리코와 이사미는 그렇다 치는데, 반나이와 니보리는

확실히 의외였다. 아, 하지만 생각해 보면 내 가출은 그 편

지 소동이 일어난 날이었지. 그 녀석들도 책임감 비슷한

걸 느꼈던 거려나. 진상은 전혀 다른데. 다음에 마주치면

신경 쓰지 말라는 의미에서 평소처럼 말을 걸어 볼까?

히노데에 이어서 기나코가 말했다.

"너희 부모님도 정말 필사적이셨어. 너, 네가 생각하는 것보단 사랑받고 있다고 생각해."

응. 그건 이제 잘 알고 있다. 아빠는 일까지 쉬고 나를 찾았고, 이혼 후 한 번도 집에 온 적 없던 엄마도 직접 왔다. 가오루 아줌마 역시 내 모습을 한 기나코가 발견되었을 때는 진심으로 기뻐하는 것 같았다.

작은 배의 앞을 바라보며, 나는 다시 입을 열었다.

"나, 좋아하지 않으려고 애썼어. 가오루 아줌마나 아빠나 엄마도. 모두 필요 없다고, 모두 허수아비라고……."

멀리서 원래 세계로 돌아가는 나무다리가 점점 가까워지는 것이 보였다.

"하지만 역시 모두 필요해. 돌아가면 좋아해 볼 거야."

나는 웃으면서 하늘을 올려다보았다.

"웃차."

고양이용 빨간색 도리이 앞에서 인간 가면을 머리에 올린 나는, 기합과 함께 재주를 넘었다. 그러자 익숙한 빛이 나를 감쌌다. 그리고 다음 순간, 나는 사사키 미요이자 무게로 돌아왔다.

"오, 돌아왔다!"

"나도."

돌아보자 고양이 가면을 벗은 히노데의 양손이 원래대로 돌아와 있었다. 히노데뿐만이 아니라, 사람고양이의 모습을 하고 있던 기나코도 어느새 보통 고양이로 돌아와 있었다.

나와 히노데는 절벽 위에 나란히 서서 저편에 있는 고양이 섬을 바라보았다. 신성수가 만들어 낸 고양이 섬은 점점 형태가 희미해졌다. 기나코가 예전에 말했던 것처럼 역시 섬은 고양이가 아니면 보이지 않는 것 같았다. 나와 히노데는 인간으로 돌아와 버렸으니 섬을 보는 것도 섬으로 가는 것도, 앞으로는 불가능했다.

"저쪽 사람들도 계속 행복했으면 좋겠다."

내가 섬의 사람고양이들을 생각하며 중얼거리자, 히노데도 "응" 하고 고개를 끄덕였다. 섬의 그림자가 더더욱 흐릿해졌다. 그리고 그 모습이 노을 진 하늘에 완전히 녹아 사라지자, 우리가 서 있던 장소도 변했다.

빨간 도리이가 사라졌다. 마치 누군가가 순간이동이라도 시킨 것처럼 우리는 고양이용 빨간 도리이가 있는 절

벽 위에서 신메이 신사 근처로 돌아왔다. 눈앞에 있는 것은 이제 고양이 세계의 입구가 아닌 그냥 풀숲이었다. 멍하니 그 광경을 바라보고 있으려니, 히노데가 이쪽을 돌아보는 기척이 느껴졌다. 나는 히노데를 향해 시선을 돌렸다.

히노데가 살짝 손을 내게 내밀었다. 나는 우물쭈물하면서 그 손을 잡았다. 히노데가 빙긋 웃었다. 그리고 히노데는 고양이 섬에서 말했던 약속을 지켰다.

"무게, 좋아해."

그럼, 나도.

"히노데, 나도 정말 좋아해!"

전하고 싶은 말은 이것 외에도 가득 있다. 하지만 지금은 이 말만.

제일 중요한 말은 앞으로 몇 번이고 말할 것이다.

히노데 너에게서는 높이 떠오른 태양이 주변을 따뜻하게 해 주는 느낌이 든다고!

울고 싶은 나는
고양이 가면을 쓴다

ⓒ 이와사 마모루, 2023

초판 1쇄 발행일 2023년 2월 16일
초판 6쇄 발행일 2024년 9월 1일

지은이	이와사 마모루
그린이	에이치
옮긴이	박지현
펴낸이	강병철
편집	정사라
디자인	서은영
마케팅	최금순 이언영 연병선 윤선애 송의정
제작	홍동근

펴낸곳	이지북
출판등록	1997년 11월 15일 제105-09-06199호
주소	(04047) 서울시 마포구 양화로6길 49
전화	편집부 (02)324-2347, 경영지원부 (02)325-6047
팩스	편집부 (02)324-2348, 경영지원부 (02)2648-1311
이메일	ezbook@jamobook.com

ISBN 978-89-5707-295-0 (43830)